Ludwig Ganghofer

Meerleuchten

Schauspiel in vier Aufzügen

Ludwig Ganghofer

Meerleuchten
Schauspiel in vier Aufzügen

ISBN/EAN: 9783743353329

Hergestellt in Europa, USA, Kanada, Australien, Japan

Cover: Foto ©Andreas Hilbeck / pixelio.de

Manufactured and distributed by brebook publishing software (www.brebook.com)

Ludwig Ganghofer

Meerleuchten

Meerleuchten.

Schauspiel in vier Aufzügen

von

Ludwig Ganghofer.

Stuttgart.
Verlag von Adolf Bonz & Comp.
1899.

Den Bühnen und Vereinen gegenüber als Manuskript gedruckt.

Sowohl Aufführungs- als Nachdrucks- und Uebersetzungsrecht vorbehalten.

Das Aufführungsrecht ist zu erwerben durch Dr. O. F. Elrich in Wien II, Praterstraße 38, und Felix Blochs Erben, Berlin.

Personen.

(Erste Aufführung am kgl. Residenztheater in München, 19. Nov. 1898.)

Robert Freiherr von Wangen, Majo=
ratsherr . . . . Hr. Basil.
Elisabeth, seine Frau . . . . Frl. Brünner.
Fritz von Wangen, Roberts Bruder . Hr. Lützenkirchen.
Heller, Leibjäger . . . . Hr. Rémond.
Hannchen, Tochter des Postexpeditors . . Frl. Swoboda.
Rosl, Köchin . . . . Fr. Conrad-Ramlo.
Stöckl, Briefbote . . . . Hr. Schröder.

Der Vorgang spielt an einem Frühlingsabend in Schloß Wangen und Umgebung.

Erster Aufzug.

Wohnzimmer in Schloß Wangen.

Die Einrichtung besteht aus altmodischem Gerät; überall gestickte Decken, Handarbeiten und Blumenvasen, welche den spießbürgerlichen Eindruck des Zimmers zu mildern suchen. Links im Vordergrunde ein Sopha mit Tisch und Fauteuils. Dahinter ein Serviertischchen und ein Pfeilertisch mit Spiegel; neben demselben eine Thür, welche ins Innere des Hauses führt. Rechts im Vordergrund ein Fenster, daneben ein Sekretär, hinter demselben ein Gewehrschrank und ein aus Geweihen gebildeter Schirm- und Hutständer mit Roberts Hut und Reitgerte. An der Wand alte Bilder zwischen Hirschköpfen, Rehgeweihen und ausgestopften Vögeln. Im Hintergrund eine offenstehende Glasthür zwischen zwei großen, mit Blumen bestellten und von Epheu umrankten Fenstern, welche auf eine geräumige Terrasse führen, die von einem weiß und rot gestreiften Leinwanddach überspannt ist; von der Terrasse führen einige Stufen in den frühlingsgrünen Garten, in dessen Tiefe man einen langgestreckten, die Sonne spiegelnden Teich sieht. — Es ist Nachmittag; helle Sonne liegt auf dem Leinwanddach der Terrasse und über dem Garten, dessen fernste Baumgruppen in blauem Duft verschwimmen.

Robert (32 Jahre; in dunkelgrünem Jaket und gleichfarbiger Weste, grauer Lederhose und Reitstiefeln; er macht in seinem Äußeren den Eindruck tadelloser Vornehmheit und ist in seiner Art zu sprechen und sich zu bewegen, von gemessener Ruhe; seine Stimme hat immer einen überlegen lehrhaften Ton, auch in Augenblicken der Erregung verliert er seine vornehme Beherrschung nicht. Er sitzt vor dem offenen Sekretär über ein dickleibiges Wirtschaftsbuch gebeugt und addiert mit halblauter Stimme mehrere Zahlenreihen, das Ergebnis auf ein kleines Blatt notierend; dann mit lauter Stimme, vergnügt). Zweihundert vierzehn Gulben, sechs und dreißig Kreuzer! (Malt die Zahlen bedächtig in das Wirtschaftsbuch.) Sieh mal an! Da hat sich ja die dritte Woche noch besser angelassen, als die zweite. So! Und jetzt die vierte! (Trocknet vorsichtig mit dem Löschpapier, blättert um, nimmt das beiseite geschobene Blättchen wieder vor und addiert mit halblauter Stimme.) 7, 12, 15, 21, 23, 31, 39, 42, 46, 52. (Notiert eine Zahl.) 5, 9, 31 . . . . . (Während er murmelnd weiterrechnet, hört man zwei Schläge einer fernen Turmuhr; Robert blickt auf.) Heller? War das halb fünf?

Heller (25 Jahre, hechtgraue Jägerlivree mit grünem Aufputz, rote Cravatte; sehr sorgfältig gekleidet; spricht im Verkehr mit seiner Herrschaft reines Hochdeutsch, mit Rosl und Hannchen behaglichen Dialekt. Er ist auf der Terrasse damit beschäftigt, eine doppelläufige Flinte zu reinigen). Jawohl, Herr Baron!

Robert (zieht die Taschenuhr; ärgerlich). Da geht die Dorfuhr wieder einmal um sieben Minuten zu früh. Das ist doch eine gewissenlose Inkorrektheit! Ich werde mich beim Pfarrer ernstlich beschweren müssen. Natürlich... in die Arbeit kommen die Leute nach der Schloßuhr, die immer richtig geht... Feierabend machen sie nach der Dorfuhr... und ich kann ihnen die sieben Minuten bezahlen... für nichts! (Beugt sich über das Buch.) Ärger, Ärger und immer Ärger!

Heller (geht auf den Fußspitzen zum Gewehrschrank, um Flinte und Putzzeug zu verwahren).

Robert. Na also? Ist das Gewehr wieder blank?

Heller. Ja, Herr Baron! Die Läufe spiegeln wie neu. (Stellt das Gewehr in den Kasten.)

Robert. Für ein andermal merk dir das! Wenn ich bei Regen von der Jagd nach Hause komme, ist es deine erste Pflicht, mein Gewehr sauber zu machen.

Heller. Ich bitte, Herr Baron, das hab ich doch immer noch gethan.

Robert. Aber gestern nicht.

Heller. Bitte um Vergebung, Herr Baron, ich war nicht zu Hause ...

Robert. Du sollst aber zu Hause sein. Was hast du im Dorf zu suchen?

Heller (verlegen). Ich ... ich habe einen Brief auf die Post getragen.

Robert. So? Auf die Post? Du, Heller ... du hast in letzter Zeit etwas auffallend häufig mit der Post zu thun ...

Heller (verwirrt). Herr Baron ...

Robert. Mein lieber, guter Heller ... laß du Expeditors Hannchen in Ruhe!

Heller. Herr Baron ...

Robert. Außer ... du hast ernste, ehrbare Absichten! Dann thu, was du willst! Aber ... einen verheirateten Jäger? Nein! Der macht bei Tage nachlässigen Dienst und ist in der Nacht, wenn ich ihn brauche, nie zu haben. Willst du heiraten, gut ... aber dann such dir einen andern Dienst.

Heller. Herr Baron! Ich! Einen anderen Dienst suchen? Ich bin doch hier geboren ... ich häng doch an Ihrem Haus ... und für unsere liebe, gute, gnädige Frau Baronin ging ich durch Feuer und Wasser!

Robert (freundlich). Ja, ja, schon gut! Aber besinn dich und rechne, bevor du dich zu solch einem ernsten Schritt für das ganze Leben entscheidest. Das Hannchen ist ja gewiß ein braves und fleißiges Mädchen. Aber denk nur, lieber Heller: der Mann hat sieben Kinder ... hat erst vor acht Tagen das letzte bekommen! (Seufzt.) Mein Hühnerstall hat dieses Wochenbett wieder spüren müssen ... jeden Tag eine Henne! Meine gute, barmherzige Frau, ach ja! (Seufzt und blickt in das Wirtschaftsbuch.) Sei vernünftig!

Heller (mit erstickter Stimme). Jawohl, Herr Baron... aber...

Robert. Adieu!

Heller (steht noch eine Weile, als wollte er sprechen; atmet schwer und geht zur Thüre).

Robert (befremdet). Heller?

Heller (kommt zurück). Herr Baron?

Robert. Weshalb trägst du denn heute deinen neuen Rock?

Heller. Bitte, Herr Baron, weil der alte beim Schneider ist und gewendet wird.

Robert. So? Ja, ja! Das war dem Rock dringend nötig. Nun... ich werde dir meine abgetragene Joppe schenken, damit du deinen neuen Rock für alle Fälle schonen kannst.

Heller. Danke, Herr Baron! (Geht zur Thür.)

Robert. Heller!

Heller. Herr Baron?

Robert. Hast du mir droben bei der alten Buche den Stand gerichtet? Wo ich ihn haben wollte... bei der Elendwiese?

Heller. Ja, Herr Baron!

Robert. Gut! Dann will ich heute hinauf.

Heller (erschrickt).

Robert. Hoffentlich hat der gute Bock meinen Fehlschuß von voriger Woche schon verschmerzt und kommt wieder.

Heller (verlegen). Der Bock ist sehr vergrämt! Bitte, Herr Baron... haben Sie noch Geduld... oder wenn Sie schon heute einen Bock haben wollen...

Robert. Natürlich, wir brauchen ja morgen Wildbret, wenn mein... (Mit einem Gefühl des Unbehagens.) wir haben ja morgen einen Gast.

Heller (hastig). Dann rat ich Ihnen, gehen Sie heut lieber ins Pfaffenwaldl... da garantier ich für einen Bock.

Robert. Heller? Du thust ja gerade, als wär es dir aus irgend einem Grunde unangenehm, wenn ich heute hinaufgehe zur Elendwiese?

Heller. Unangenehm? Mir? Gott bewahre, Herr Baron!

Robert. Also gut! Um sechs Uhr bist du droben bei der Elendwiese und wartest, bis ich komme. Adieu!

Heller (schweratmend ab).

Robert (beginnt murmelnd zu rechnen, wird lauter). 4, 6, 8, 9, 10... (Notiert eine Zahl.) eins und eins... Summa zweihundert zwei Gulden, zwei Kreuzer!... Pfui!... Um ganze zwölf Gulden weniger, als in der dritten Woche. (Lehnt sich mit Unbehagen in den Sessel zurück.) Und morgen!... Morgen! (Bedeckt die Stirne mit der Hand, nach kurzer Pause.) Wäre nur wenigstens die erste Begegnung schon vorüber! Das ist so peinlich... (Macht eine unwillige Bewegung, wie um diesen Gedanken von sich abzuschütteln.) Ach!... (Nimmt die Feder und beginnt murmelnd zu rechnen.) 2, 8, 14, 16... (Seine Stimme verliert sich in unverständlichem Gemurmel.)

Elisabeth (19 Jahre, in lichtem Sommerkleid, mit Locken, welche offen auf die Schultern fallen; kommt mit einem Arm voll Blumen aus dem Garten, bleibt unter der Thüre stehen und blickt zurück). Das ist eine Luft heute... man kann sich nicht sattatmen! Und dieser Duft da draußen, dieser Schimmer, all diese Sonne... wenn ich das alles nur hereintragen könnte in unser Haus! (Tritt ein. Bei Roberts Anblick befällt eine scheue Ängstlichkeit ihr ganzes Wesen.) Ach, du Ärmster! (Hängt den Strohhut an den Ständer.) Noch immer hast du zu rechnen?

Robert (ohne aufzublicken). Ja, mein Kind! (Rechnet murmelnd.)

Elisabeth (wählt unter den Blumen und läßt über Roberts Schulter eine weiße Rose auf das Buch fallen).

Robert (ohne aufzublicken). Danke, liebes Kind! (Legt die Rose beiseite und rechnet weiter.)

Elisabeth (geht seufzend zum Tisch; steht lächelnd). Morgen! (Vor sich hinträumend.) Ob er wohl noch so lustig und toll sein kann? (Kniet auf einen Fauteuil und beginnt emsig die Blumen zu sondern; man hört fern aus dem Garten mehrstimmiges Kinderlachen.)

Robert (blickt unwillig auf). Aber das ist ja doch . . . Wenn ich es dem Gärtner nicht schon ein dutzendmal gesagt hätte, daß er den Kindern den Eintritt in den Park verbieten soll!

Elisabeth (begütigend). Das hat er auch gethan, aber sie klettern über die Mauer.

Robert (mit sanftem Vorwurf). Ich habe dich doch darum gebeten . . . hast du denn die Jungen nicht fortgewiesen vom Teich?

Elisabeth (verlegen). Ich wollte . . . aber ich hab's nicht fertig gebracht. Sie amüsierten sich gar zu köstlich. (Mit kindlicher Freude.) Denk nur, einer hat einen Stein geworfen, der hat siebenmal gegellert.

Robert. Ich danke! Da haben sie meine Karpfen wieder schön beunruhigt.

Elisabeth (verschüchtert). Ach, du lieber Gott! Die Karpfen! Die hab ich ganz vergessen! (Roberts lehrhaften Ton unbewußt nachahmend.) Die Karpfen müssen Ruhe haben . . . sonst werden sie nicht fett.

Robert (ernst). Gewiß! Deshalb setz ich auch in den Karpfenteich keine Hechte. Wenn die Karpfen fortwährend getrieben werden, bekommen sie wohl festeres Fleisch, aber sie verlieren an Gewicht.

Elisabeth. Sei nicht böse, Robert . . . aber . . . manchmal so ein bißchen getrieben und gehetzt zu werden . . . das muß doch lustig sein . . . auch für Karpfen. Diese ewige Ruhe . . . Du! Robert?

Robert (rechnend). Was?

Elisabeth. Sieh mich einmal an!... Weißt du, ich vermute, daß ich auch schon Fett anlege... wie deine Karpfen.

Robert. Ach, du Kind! (Seufzt.) Aber ich sehe, mit dem Rechnen hat's ein Ende. (Steht auf und nimmt die Rose.) Na, ich kann ja die Arbeit auch am Abend nach der Jagd fertig machen... (Sieht die Blumen, erschrocken.) Kind! Da hast du ja den ganzen Garten geplündert! Nein! Solche Verschwendung! (Wirft die Rose auf den Tisch.)

Elisabeth. Aber Robert! Blumen! Die kosten ja nichts und wachsen...

Robert. Verschwendung bleibt Verschwendung, ob es sich um wertvolle Dinge handelt oder nur um wertlose Gottesgabe.

Elisabeth (dem Weinen nahe). Robert... die Blumen sind ja doch für Fritz.

Robert. Fritz! Fritz! Ach, du Kind! Solch ein dreiundzwanzigjähriger... Wildfang, der von Schiff und See kommt... der soll Freude an Blumen haben! Nicht einmal sehen wird er sie! Ach... gar ein Thränchen! Aber Kind! Ich habe doch nur in aller Güte mit dir gesprochen! (Legt den Arm um ihre Schulter.) Sieh, mein Schatz, du hast dich ja in vielem schon so sehr gebessert...

Elisabeth (erleichtert aufatmend). Wirklich, Robert?

Robert. Ja, gewiß! Nur manchmal kommen in dir noch solch jugendlich unreife, fast kindliche Impulse zum Durchbruch... sieh, da mußt du eben dein kleines, tolles Köpfchen festhalten und dich auf das Rechte besinnen! Aber jetzt tröste dich... und da die Blumen doch schon gebrochen sind...

(Seufzend.) jetzt magst du auch deinen Kranz binden, in Gottes=
namen! (Streicht mit der Hand über ihr Haar, nickt ihr lächelnd zu und geht
zum Sekretär, den er aufzuräumen beginnt.)

Elisabeth (trocknet mit gezwungenem Lächeln ihre Thränen, geht müde
zum Tisch und sondert ein Büschel Blumen aus; ihre Hände zittern, mehrmals blickt
sie scheu zu ihrem Manne hinüber; plötzlich läßt sie die Blumen fallen, geht hastig,
wie von quälendem Empfinden getrieben auf Robert zu und legt die Hand auf seinen
Arm). Robert... freust du dich denn nicht auf Fritz?

Robert. Gewiß! Und er soll keinen Vorwurf von
mir hören...

Elisabeth (scheu, ohne Verständnis). Vorwurf?

Robert. Ich will vergessen...

Elisabeth. Vergessen?... Du?... Ich meine doch,
daß es Fritz allein ist, der zu vergessen hat...

Robert (heftig ein Buch niederlegend). Elisabeth!

Elisabeth (ängstlich und hastig). Ich bitte dich, Robert, sei
gut... aber sieh nur... du warst es doch, der alles
bekam, Schloß und Gut, alles, alles... während Fritz
ohne Heimat...

Robert (erregt). Das ist eine Auffassung, die ich unmöglich
dulden kann! Und daß gerade du, meine Frau... (Sich gewaltsam
beherrschend, wendet er sich ab und geht ein paarmal schweigend durch das Zimmer,
dann ruhig.) Da sieh nur an, wie du mich erregt hast! Und es
ist so unwürdig, wenn ein Mann die Herrschaft über sich selbst
verliert.

Elisabeth. Verzeih mir, Robert... aber... (Die
Stimme versagt ihr.)

Robert. Nein, mein Kind, da giebt es kein Aber! Fritz
trug einen Namen, der ihn verpflichtete, sich unserem guten,
althergebrachten Adelsgesetz zu beugen! Und es ist doch nicht
meine Schuld, daß ich von uns beiden der ältere war!

Elisabeth. Du hast ja wohl sicher recht ... wie immer ... aber wenn ich so denke ...

Robert. Da sollst du nicht denken, mein Kind! Oder wenn du schon denken willst, so denke an deinen eigenen hochseligen Vater ...

Elisabeth. Robert ... (Streckt ihm abwehrend die Hand entgegen, wie in Angst, ein kränkendes Wort zu hören.)

Robert. Er war doch auch ein jüngerer Sohn und mußte mit Frau und Kind in den bescheidensten Verhältnissen leben, während sein Bruder im Besitz des schönen Majorates war ... aber ich bin überzeugt, daß du von ihm niemals ein Wort der Klage gehört hast ...

Elisabeth (scheu). Doch, Robert, doch!

Robert. Elisabeth! Es steht dir übel an, von deinem Vater ... (Unterdrückt das Wort, das er sprechen wollte.) ... und überhaupt ... du nimmst in dieser Frage eine Stellung gegen mich ein ... so eigentümlich aggressiv ... und für Fritz, den du als Kind doch kaum gekannt hast, nimmst du in einer Weise Partei ... Ich gebe ja zu, daß es damals hart für Fritz gewesen ist ... aber er mußte einsehen, daß sein Lieblingswunsch, Soldat zu werden, von unserem Vater bei dem desolaten Zustand unseres Besitzes nicht erfüllt werden konnte. Ein Baron Wangen als junger Offizier ohne Zuschuß? Unmöglich! Dazu noch Fritz mit seinem Leichtsinn! Er hätte im ersten Lieutenantsjahr mehr Schulden gemacht, als ich in zehn Jahren hätte bezahlen können.

Elisabeth. Aber Robert ... das vermutest du doch nur ...

Robert. Nein, mein Kind! Er hat schon auf dem

Gymnasium Schulden kontrahiert. (Beginnt den Sekretär aufzuräumen.) Fritz hätte der Notwendigkeit gehorchen sollen, statt mit dem Kopf durch die Wand zu rennen und als Schiffsjunge in die Welt hinauszulaufen wie das verwahrloste romantische Söhnchen irgend einer obskuren Familie! Und sieben Jahre hat er keine Silbe von sich hören lassen! Ich an seiner Stelle hätte anders gehandelt, hätte mich dem Unabänderlichen gefügt und hätte im Hofarchiv die Sekretärstelle acceptiert, die ihm durch Protektion geboten wurde. In zehn Jahren hätte er zum Archivdirektor avancieren können, in zwanzig Jahren zum Geheimrat!

Elisabeth (langsam). Fritz ... und Geheimrat! (Lacht vor sich hin; dann ernst.) Aber sieh nur, jetzt hat er es doch auch zu was rechtem gebracht ... aus eigener Kraft! Steuermann auf einem großen Handelsschiffe.

Robert (zuckt die Schultern). Da hat er ja auch keine Ursache mehr, zu klagen. Wenn er tüchtig im Dienste ist, kann er in zehn Jahren Kapitän sein ... und kann auf jede Hilfe von seiten seiner Familie stolz verzichten! Nein, Elisabeth! All meine nachsichtige Bruderliebe ... aber mehr kann Fritz von mir nicht verlangen. (Verschließt den Sekretär und zieht den Schlüssel ab.) Vielleicht später einmal ... (Rasch.) Vorerst aber muß ich an mich selbst und an die Zukunft unseres Hauses denken ... und ich sehe den Stolz und das Ziel meines Lebens darin, das Majorat, das ich in zerrüttetem Zustand übernahm, dereinst als freien, unantastbaren Besitz meinem Sohn zu vererben.

Elisabeth. Aber, Robert ... wir haben ja noch gar keinen Sohn!

Robert (halb unwillig, halb verlegen). Ach, du Kind! Manchmal machst du einen wahrhaftig um eine Antwort verlegen. (Geht in den Hintergrund, nimmt Hut und Reitgerte.)

Elisabeth (geht zum Tisch, greift in die Blumen und betrachtet eine Blüte; sich hastig wendend). Und morgen, Robert ... von Schloß Waldeck zu uns herüber ist doch ein so weiter Weg ... den kann doch Fritz nicht zu Fuß machen.

Robert (kühl). Sein guter Freund Waldeck wird ihm wohl einen Wagen zur Verfügung stellen.

Elisabeth. Ich ... weißt du, ich meine nur ... wenn du hinüberfahren würdest, um ihn heimzuholen ...

Robert. Nein, mein liebes Kind! Bei aller Herzlichkeit, die ich ihm bieten will ... aber eine gewisse Reserve muß ich mir denn doch auferlegen. (Tritt vor den Spiegel und bürstet die Haare.)

Elisabeth (bittend). Robert ...

Robert. Er selbst hat mich dazu gezwungen! Nach seinem Brief zu schließen, muß er ja heute schon angekommen sein, und daß er von der Bahn nicht den geraden Weg zu mir nahm, zu seinem Bruder und zu seiner Heimat ... damit wollte er mir klar und deutlich sagen: Wir beide stehen nicht mehr miteinander, wie Brüder stehen sollen; zuerst kommen mir andere Menschen und dann erst du!

Elisabeth (nach kurzem Schweigen, leis und nachdenklich). Das ist wahr, das hat auch mir nicht gefallen ... und hat mir ein bißchen weh gethan! Wär ich Er gewesen, ich wäre schon heute gekommen! (Hastig.) Oder ...

Robert (kommt zu Elisabeth, deutet auf seine Cravatte). Ich bitte ...

Elisabeth (die Cravatte ordnend) Oder ... glaubst du nicht, daß er nur Zeit gewinnen wollte, um sich zu beruhigen?

Robert. Nein, mein Kind!

Elisabeth. Um das Erste, das Bitterste für sich allein zu überwinden ...

Robert. So feinfühlig ist Fritz niemals gewesen, und ...

Elisabeth. Aber sieh nur ...

Robert (schiebt unwillig Elisabeths Hände zurück). Ich danke! ... Und das Seemannsleben hat seine Manieren sicherlich auch nicht geschliffen! Übrigens ... ich begreife dich gar nicht! Immer nur: Fritz, Fritz, Fritz! Und von mir redest du mit keiner Silbe! Ehrlich, Elisabeth ... ist denn mein Los das bessere gewesen? Als ich das Majorat übernahm, war es entwertet und schwer belastet. Und während dein guter Fritz sich in allen Weltteilen umher amüsierte ... ein lustiger Herr ist er ja immer gewesen ... inzwischen habe ich rastlos gearbeitet, habe gespart und gerechnet, habe gedarbt und mir alles versagt ...

Elisabeth. Ja, Robert! (Legt den Arm um seine Schulter.) Du hast ein hartes Leben gehabt!

Robert (sich loslösend). Und ich hätte mir alle Sorge wirklich leichter machen können, wenn ich ... (Stockt.)

Elisabeth (leise). Wenn du eine reiche Frau genommen hättest.

Robert. Das hab ich nicht sagen wollen ... oder doch gewiß nicht so! (Nach kurzer Pause.) Ich habe dich zu meiner Frau genommen, weil ich in dir den bildsamen Stoff erkannte, aus dem ich mir eine Lebensgefährtin zu erziehen gedachte, um die mich alle Welt beneiden sollte. Vielleicht wär es klüger gewesen, noch ein paar Jahre zu warten, damit alles Kindliche in dir noch hätte reifen können. Aber es ging mir gegen das Gewissen, dich einsam zu lassen, als dein Vater so plötzlich starb.

Elisabeth (in Thränen, mit inniger Herzlichkeit). Das will ich dir auch danken, Robert, mein ganzes Leben lang ... daß Papa mich so gut geborgen wußte, hat ihm ja das Sterben leichter gemacht. (Umklammert plötzlich seinen Hals.) Mach mit mir, was du willst! Erziehe mich ganz nach deinem Willen! Und sieh, ich bin ja doch so folgsam ... habe nie einen anderen Gedanken, als den deinen ... nur heute ... weil es mich so quälte, Robert ... und ich bitte dich ... wenn Fritz morgen kommt ... sei gut mit ihm!

Robert. ... Jetzt beruhige dich! Endlich! (Nimmt den Hut.) Und in Gottesnamen, winde deinen Kranz, während ich meiner Arbeit nachgehe! Adieu! (Hebt Elisabeths Kinn und küßt sie auf die Stirne.)

Elisabeth (scheu). Robert? Bist du böse mit mir?

Robert. Nein. Aber denke nach über alles, was ich dir gesagt habe. (Nickt ihr lächelnd zu und geht zum Hintergrund.) Wenn ich aus dem Hof reite, wirst du ans Fenster kommen, ja?

Elisabeth (aus Gedanken auffahrend). Ja, Robert!

Robert. Adieu, mein Kind! (Ab über die Terrasse.)

Elisabeth (steht regungslos, mit schlaffen Armen, murmelt vor sich hin). Adieu, mein Kind ... (Läßt sich müd in einen Lehnstuhl sinken und legt die zitternden Hände in den Schoß; sitzt versunken; fährt plötzlich auf, eilt zum Fenster und winkt mit der Hand hinaus; in erzwungener Heiterkeit.) Adieu! Adieu! Und ich bitte dich, Robert, sei vorsichtig mit dem Pferd! Adieu! (Richtet sich auf, drückt die Hände auf die Brust und atmet, wie von einer Last befreit; ihr ganzes Wesen ist jählings verwandelt, heiter, fast kindlich froh, ihre Bewegungen sind flink und jugendlich.) Ach, jetzt hab ich aber Eile! (Läuft zur Thüre, reißt sie auf und ruft hinaus.) Heller! Heller! Wo sind Sie denn? Aber lieber Heller ...

Heller (erscheint in der Thüre). Frau Baronin?

Elisabeth. Hat der Tischler die beiden Brettchen gebracht?

Heller. Ja, Frau Baronin!

Elisabeth. Na also! Wo sind sie? Flink, lieber Heller!

Heller (ab).

Elisabeth (kommt hastig nach vorne, nimmt den Kopf in die Hände). Was mach ich zuerst? Die Kränze... natürlich! Der Strauß könnte welken über Nacht ... den binb ich morgen!

Heller (kommt mit zwei ovalen Brettchen, von denen das eine die Inschrift „Willkommen", das andere einen vierzeiligen Spruch trägt). Hier, Frau Baronin... und schön hat der Tischler seine Sache gemacht!

Elisabeth (eilt zurück). Wirklich! Sehr schön! (Nimmt das eine und liest.) Willkommen! (Stellt es vorsichtig an den Pfeiler der Terrassenthür, innig.) Willkommen, Fritz! ... (Nimmt das andere.) Auch der Spruch ist sehr schön geschrieben ... und diese hübschen, roten Schnörkel da ...

Heller. Baron Fritz wird seine Freude haben!

Elisabeth. Heller! Sie dürfen es ihm nicht verraten, daß ich den Spruch gedichtet habe.

Heller. Gott bewahre, Frau Baronin!

Elisabeth (mit dem Finger drohend). Heller?

Heller (schüttelt den Kopf und lacht). Ich weiß schon ... Baron Fritz soll es selbst erraten?

Elisabeth (lacht und stellt das Brettchen mit der beschriebenen Seite gegen die Wand). Aber jetzt kommen Sie, lieber Heller! Flink! Ich brauche eine große Schüssel mit Wasser ... damit die Blumen nicht welken.

Heller. Ja, Frau Baronin! (Elisabeth eilt zum Tisch; während sie eifrig die Blumen ordnet, bringt Heller eine Glasschüssel, die er mit Wasser füllt; inzwischen spielt sich in heiterem Tempo das folgende Gespräch ab.)

Elisabeth. Heller?

Heller. Frau Baronin?

Elisabeth. Freuen Sie sich auf morgen?

Heller. Ach, und wie!

Elisabeth. Nicht wahr, Heller? Sie haben ihn lieb gehabt!

Heller. Na, das glaub ich! Aber er mich auch! Und bevor er fort mußte ... zum Studieren in die Stadt ... ja, Frau Baronin, da hat er am liebsten immer mit mir gespielt.

Elisabeth. Wenn ich zu Hause sitzen und lernen mußte, ja!

Heller. Da haben wir immer Lieutenant und Rekrut gespielt ... und wenn's recht lustig war, haben wir gerauft! Ich, selbstverständlich, ich hab's immer mit dem schuldigen Respekt gethan ... und da hab ich natürlich immer die Prügel bekommen.

Elisabeth (lacht).

Heller (hilft ihr die Blumen ins Wasser legen). Und wissen Sie noch, Frau Baronin ... damals am Karpfenteich. (Deutet gegen den Garten.)

Elisabeth. Wie Fritz und ich Herr General und Frau Generalin spielten.

Heller. Und ich als Kriegsgefangener mußte bei der Tafel servieren.

Elisabeth (lachend). Und so geschickt haben Sie das gemacht, daß Sie mir die ganze Schokolade über das weiße Kleidchen gossen. Nein, wie wir da oft gelacht haben ... gelacht!

Heller (ein lautes Lachen gewaltsam unterdrückend). Bis der junge Herr Baron Robert kam und das Gewitter losging! (Trägt die Wasserflasche zum Serviertisch.)

Elisabeth (plötzlich verwandelt). Das ist vorbei ... das kommt niemals wieder! Ach, du schöne Kinderzeit! (Atmet tief und fährt mit der Hand über die Augen; giebt die letzten Blumen ins Wasser.) Flink, Heller, laufen Sie hinüber in den Wald und bringen Sie mir Fichtenreis und Eichenlaub. Das schönste, das Sie finden, und so viel Sie nur tragen können.

Heller. Ja, Frau Baronin! (Eilt gegen die Terrasse. Es pocht an die Thür.)

Elisabeth (blickt auf). Herein!

Hannchen (21 Jahre, blasses Gesicht mit verweinten Augen, sauber, doch beinahe ärmlich gekleidet, unbeholfen und schüchtern; tritt ein, mit einem Strauß Rosen).

Heller (ist auf der Terrasse stehen geblieben; durch den Pfeiler halb verdeckt, macht er dem Mädchen hastig einige Zeichen).

Hannchen (erschrickt bei seinem Anblick).

Elisabeth. Hannchen? Du? (Geht ihr entgegen.) Grüß dich Gott, liebes Hannchen!

Hannchen (stammelnd, mit gezwungenem Hochdeutsch). Recht guten Tag, gnädigste Frau Baronin . . . Die Mutter läßt bestens für die schöne Henne danken . . . sie hat ihr so gut bekommen . . . und . . . ich soll der Frau Baronin bestens danken . . . und die Mutter schickt diese Rosen . . .

Elisabeth. Ach, die herrlichen Rosen! Danke, danke . . . (Nimmt die Blumen.) ich will sie nur gleich ins Wasser geben, damit sie frisch bleiben . . . bis morgen. (Eilt zum Tisch.)

Heller (schleicht sich halb in die Thüre; während Elisabeth die Rosen ins Wasser giebt und das folgende Gespräch sich abspielt, machen sich Heller und Hannchen in Erregung heimliche Zeichen, aus denen verständlich wird, daß Heller auf einer Waldhöhe, nach welcher er deutet, das Mädchen erwarten will. Hannchen erwidert die Zeichen zustimmend und mit bedrückter Scheu).

Elisabeth (den beiden den Rücken wendend). Wie geht es der Mutter, Hannchen?

Hannchen (mit Blick und Gedanken bei Heller). Danke, Frau Baronin . . . sehr gut . . .

Elisabeth. Gott sei Dank! Und der kleine Prinz?

Hannchen. Danke, Frau Baronin! Er schläft den ganzen Tag und gedeiht zusehends.

Elisabeth. Na also, siehst du! Jetzt kann dein Vater

nach aller Sorge, die er hatte, wieder aufatmen und sich recht von Herzen mit seinem Jungen amüsieren. Die Freude an solch einem süßen, herzigen Kerlchen ... das muß ja doch das Schönste sein, was es giebt auf der Welt.

Hannchen (seufzt und nickt mit schmerzlichem Lächeln, während ihr scheuer Blick den Jäger sucht).

Heller (flüstert durch die gehöhlten Hände). Um ... sechs ... Uhr!

Elisabeth (wendet sich, erstaunt). Heller? Sie sind noch hier?

Heller (verlegen). Ja, Frau Baronin ... ich ... ich dachte, Frau Baronin hätten noch einen Auftrag ...

Elisabeth. Aber Heller!

Heller (stotternd). Jawohl, Frau Baronin! Sofort! (Ab über die Terrasse.)

Elisabeth (sieht dem Jäger nach und schüttelt den Kopf; kommt zu Hannchen). Sage deiner lieben Mutter, daß ich für die schönen Rosen ... (Betroffen.) Hannchen? Hast du geweint?

Hannchen (verwirrt). Ich? ... Nein, Frau Baronin!

Elisabeth (herzlich). Doch, Hannchen! Du hast einen Kummer! Dein Gesichtchen ist lange nicht mehr so rosig und heiter, wie sonst. Ich dachte, daß es die Sorge wäre ... aber deiner Mutter geht es ja wieder gut! Hannchen ... was fehlt dir?

Hannchen. Ach, nichts ... gewiß nicht, Frau Baronin. (Ihr Blick sucht die Terrassenthüre.)

Elisabeth (mit plötzlichem Verständnis). Du, Hannchen, mir scheint, ich errate ... (Lachend.) Wie sie rot wird! (Legt den Arm um das Mädchen.) Vertrau mir, Hannchen ... und heraus mit der Farbe ... mir scheint, sie ist grün?

Hannchen (in scheuer Bewegung). Frau Baronin ...

Rosl (tritt ein, mit einer Theeplatte; dicke, gutmütig behagliche Person, mit jenem derben freien Benehmen, welches sich alte, verwöhnte Dienstboten ihrer Herrschaft gegenüber erlauben dürfen; sie trägt ein weißes Häubchen und ein blaues, weiß getupftes Kattunkleid, welches die roten Arme frei läßt). Gnä Frau, i fürcht, wir kriegen an Bsuch. (Sie geht zum Serviertisch.)

Elisabeth. Ach du lieber Gott! Heute! Wo ich für morgen so notwendig zu thun habe.

Rosl. Über b' Schosseeh fahrt a Wagen runter ... werden S' sehen, gnä Frau, er thut uns den Possen an und fahrt net vorbei! (Füllt eine Tasse Thee.)

Elisabeth. Aber wer soll denn kommen? (Seufzend.) Mein liebes Hannchen ... jetzt muß ich dich leider fortschicken. Aber weißt du, was ... komm morgen früh auf ein Stündchen zu mir und hilf mir Blumen binden! (Flüsternd.) Dann plaudern wir miteinander ... von der grünen Farbe!

Hannchen (in schmerzlicher Freude). Liebe, gute Frau Baronin ... (Bedeckt Elisabeths Hand mit Küssen.)

Elisabeth (betroffen). Hannchen?

Hannchen (dem Schluchzen nahe, stürzt davon).

Elisabeth (Hannchen nachblickend). Das kann doch nicht Glück sein? ... Was hat das Mädchen?

Rosl (gutmütig und mitleidig). Der arme Wurm! Mir scheint, er hat, was er lieber net hätt! (Seufzt und legt die Hände kreuzweis über die Schürze.)

Elisabeth (erschrocken). Ach, du barmherziger Gott! Das arme Kind! ... Nein! Nein! Ich kann das von dem braven Hannchen nicht glauben! Und von dir, Rosl, ist es gar nicht hübsch, so böse Dinge zu klatschen! Gewiß ... du hast dich getäuscht!

Rosl. Möcht's ihr selber wünschen, ja! (Bringt Elisabeth die Tasse.) Aber in solchene Sachen hab i an Blick ... (Lauscht, freudig betroffen.) Gnä Frau! Mir scheint ... (Eilt zum Fenster.)

Elisabeth. Rosl?

Rosl. Meiner Seel! Der liebe Himmel hat 's Unglück wieder abgwendt! (Bekreuzigt sich.) Die Kaleschen fahrt vorbei… schön langsam, aber sicher!

Elisabeth (aufatmend). Ach, Gott sei Dank!

Rosl (gleichzeitig). Gott sei Dank!

Elisabeth (im Eifer). Jetzt bleiben wir ungestört… und du hast Zeit für mich! (Leert hastig die Tasse.) Komm nur… bei den Kränzen mußt du mir helfen!

Rosl (vergnügt und geschäftig). Ja, gnä Frau! Fangen wir gleich an?

Elisabeth. Ja! Komm nur! Komm! (Eilt zum Tisch, stellt die Tasse nieder, nimmt den Fauteuil ein und beginnt gleichfarbige Blüten auszusondern.) Bitte, bring mir den Draht und die Schnüre… da drüben liegen sie, beim Spiegel.

Rosl. Ja, gnä Frau!

Elisabeth. Heller muß auch bald kommen… der bringt das Laub und die Fichtenzweige. Meinst du, wir werden fertig bis zum Abend?

Rosl. Aber gwiß!

Elisabeth (ein Büschel roter Nelken zeigend). Sieh mal an, wie schön die sind!

Rosl. Nobel, gnä Frau! Nobel! (Beginnt den Draht zu entwirren.)

Elisabeth. Die kommen ins Eichenlaub. Das muß sich reizend machen… das feurige Rot im frischen Grün! Und diese Rosen, die mir Hannchen… (Stockt; blickt auf, zögernd.) Rosl? Glaubst du es wirklich?

Rosl. Was, gnä Frau?

Elisabeth. Das vom Hannchen?

Rosl (seufzt). Ja! I hab an scharfen Blick.

Elisabeth (ernst). Aber wie kann sich denn ein Mädchen so weit vergessen?

Rosl. Ui jegerl, gnä Frau! Mit der Lieb im Herzen vergißt der Mensch Himmel und Höll und hupft ins Wasser... weil's halt gar so schön blau is!

Elisabeth. Nein! Nein! Das versteh ich nicht!

Rosl. Nachher haben S' aa im Leben noch kein Mannsbild richti gern ghabt!

Elisabeth. Aber Rosl! Wenn das unser Herr gehört hätte...

Rosl (macht scheue Augen und hält sich den Mund zu).

Elisabeth (nach unbehaglicher Pause). Bitte... hol mir eins von den Brettchen dort!

Rosl. Ja, gnä Frau! (Blickt über die Schulter auf Elisabeth zurück.)

Elisabeth. Aber gieb acht, die Farbe ist noch ein wenig feucht.

Rosl (hat das Brettchen mit dem Spruch aufgenommen). Ui jesses na! Jetzt bin i richti schon mit die Finger einitappt! (Wischt die Finger über die Hüften.) Gnä Frau! Sie, das is aber schön! (Beginnt schwärmerisch zu lesen, mit einer Aussprache des Hochdeutschen, welche drollig ist, ohne lächerlich zu wirken).

„Als Jüngling bist du ausgezogen,
Und kehrst aus Sturm und Meereswogen
Als Mann zurück ins Vaterhaus!
(Buchstabierend.) Weil...

Elisabeth (leis aufsichernd, fällt ein). Willkommen, Fritz! Jetzt ruh..."

Heller (noch unsichtbar, im Garten, mit erregter Stimme). Frau Baronin... (Erscheint in stürmischer Hast auf der Terrasse, einen großen Busch von Eichenlaub und Tannenreisig schleppend.) Frau... Frau Baronin... (Wirft neben der Thüre das Reisig nieder, atemlos, in Freude.) Er... er ist da!

Elisabeth (springt auf und steht zitternd). Heller... (Die Blumen entfallen ihren Händen.)

Heller. Ich hab ihn gesehen... ich... und gleich erkannt... (Die Stimme versagt ihm.)

Elisabeth (tonlos). Fritz...

Heller (nach Atem ringend). Drüben im Friedhof... bei der Gruft... (Eilt über die Terrasse zurück.) Man sieht ihn... von hier sieht man ihn... dort, Frau Baronin...

Elisabeth (fliegt mit ersticktem Laut zur Terrasse).

Rosl (befremdet). Gnä Frau...?

Heller. Dort... bei der Mauer...

Elisabeth (in Schluchzen und Jubel). Fritz... Fritz... (Eilt mit ausgebreiteten Armen durch den Garten ab.)

Rosl (wie von einer sorgenden Ahnung befallen, kaum hörbar). Gnä Frau?... O du lieber Himmel...?

(Der Vorhang fällt.)

(Der Zwischenakt darf nur wenige Minuten währen.)

Zweiter Aufzug.

Dekoration des ersten Aufzuges; die beiden Brettchen lehnen neben der Terrassen=
thür, mit der bemalten Seite gegen die Zuschauer; die Blumen auf dem Spiegeltisch;
die Theeplatte und das Laub ist entfernt; alles übrige unverändert. Rosl und
Heller stehen bei der Glasthür und spähen in erregter Neugier über die Terrasse
hinaus.

Heller. Sie kommen! Fort, Rosl! Fort! (Zieht sie am Rock zurück.)

Rosl. Aber so lassen S' mi doch!

Heller. Weiter, Rosl! Fort! Und schicken S' den Stall=
burschen aufs Feld, den gnädigen Herrn heimholen! Ich muß
zur Elendwiese hinauf ... der Herr hat mich hinbestellt ...
Schlag sechs. (Sieht nach der Uhr.)

Rosl. Aber Sie Narr! Der gnä Herr wird doch heut
net aufs Pirschen gehn!

Heller. Ja, hoffentlich bleibt er daheim! Ich muß aber
doch hinauf. (Seufzt und traut sich hinter den Ohren.)

Rosl (langsam). Sie, mir scheint, da broben sitzt wieder
eine ... lassen Sie's nur net sitzen, Heller!

Heller (erschrocken). Sie kommen! (Schiebt Rosl, welche kopf=
schüttelnd nach der Terrasse blickt, zur Thür hinaus; ab.)

(Die Bühne bleibt einige Sekunden leer.)

Fritz (24 Jahre; in der Uniform eines Steuermanns der Handelsmarine: lange weite Hose aus schwarzblauem Tuch, gleichfarbige Weste und kurze Jacke mit Metallknöpfen, weißes Hemd mit Stehkragen und schwarzer Cravatte, die Schirmmütze trägt er in der Hand: sonnverbranntes Gesicht, krauses Haar und kurzes Backenbärtchen. Kinn und Lippen rasiert; sein Gang ist auffallend ruhig und gleichmäßig, ebenso die Bewegungen seiner Arme; auch seine Art zu sprechen ist langsam, seine Stimme hat einen vibrierenden, verhaltenen Klang: die Stimme eines Menschen, welcher mehr denkt und empfindet, als er ausspricht; sein Blick ist forschend, heiß und unruhig. — Er kommt Hand in Hand mit Elisabeth über die Terrasse, alle paar Schritte stehen bleibend).

Elisabeth (unter der Glasthür, innig und leise). Willkommen, Fritz... willkommen in der Heimat!

Fritz (schüttelt wortlos ihre Hand, macht sich frei und kommt allein nach vorne, wobei er mit scheuem Blick alle Möbel und Wände streift).

Elisabeth (folgt ihm zögernd, mit leuchtenden Augen an ihm hängend).

Fritz (von Erregung überwältigt, läßt die Mütze fallen, sinkt auf einen Fauteuil und bedeckt das Gesicht, lautlos, nur das Zucken seiner Schultern verrät, daß er schluchzt).

Elisabeth (steht ratlos, zwischen Kummer und Freude; streckt die Hände nach ihm und findet doch nicht den Mut zu sprechen; trocknet ihre Augen, hebt die Mütze auf, wischt den Staub davon und hängt sie an den Ständer; geht zu Fritz und legt schüchtern die Hand auf seine Schultern). Fritz!

Fritz (sieht auf, seine schmerzliche Erregung gewaltsam überwindend; er sieht mit freierem Blick im Zimmer umher und atmet auf, streckt Elisabeth beide Hände hin). Ich danke dir, Lieschen... du hast es mir leichter gemacht! Wie ich da drüben stand... vor dem grauen Stein, der alles zudeckt, was ich Vater und Mutter nannte... glaub mir, Lieschen, da ist mir bitter zu Mut gewesen. Aber als du kamst und mit Lachen und Weinen zu mir sagtest: Fritz, lieber Fritz... schau, Lieschen, da ist mir leichter geworden... (Nach kurzem Schweigen.) Ich bitte dich: sag mir's noch einmal!

Elisabeth. Fritz, lieber Fritz!

Fritz (sieht sie lächelnd an und nickt). Noch immer das gleiche Stimmchen... wie damals! Und ich glaub sogar, das war's was mich heimgezogen hat! Wahrhaftig, Lieschen... wenn ich in bösen Nächten am Ruber stand und heimdachte, hab ich es oft gehört, mitten in allem Krachen und Rauschen... wie dicht an meinem Ohr, ganz leise... genau so, wie du's jetzt gesagt hast...

Elisabeth. Fritz, lieber Fritz!

Fritz (nicht). ... das hat mich heimgezogen! (Sie stehen wortlos, Blick in Blick; dann plötzlich giebt Fritz Elisabeths Hände frei, mit veränderter Stimme.) Aber wo ist denn Robert?

Elisabeth (erschrocken). Ach! Wie ich nur das vergessen konnte! Jetzt will ich aber gleich... (Eilt gegen die Terrasse.)

Fritz (streckt die Hand nach ihr). Lieschen...

Elisabeth. Robert ist auf die Felder geritten... aber ich laß ihn holen.

Fritz. Ich kann's erwarten! (Herzlich.) Bleib, Lieschen!

Elisabeth (kommt zögernd zurück). Wenn du es so willst... er wird ja wohl bald nach Hause kommen. Weißt du, er geht jeden Abend um sechs Uhr auf die Jagd...

Fritz (erleichtert aufatmend). Es hat noch Zeit bis sechs Uhr. (Mit fröhlichem Ton.) Komm, Lieschen... (Geht ihr mit gestreckten Händen entgegen.) und weißt du noch... (Er stockt, betrachtet sie erstaunt und tritt zurück.) Alle Wetter! Das seh ich erst jetzt!

Elisabeth. Was siehst du?

Fritz. Kind! Mädel!... (Lacht.) Ach so... jetzt muß ich wohl Frau Schwägerin zu dir sagen?... Nein, Lieschen! Was aber auch aus dir geworden ist! Wenn ich an dich dachte, hab ich dich nur immer so gesehen! (Deutet mit der Hand die Größe eines halbwüchsigen Mädchens an.) Gar viel größer bist du auch jetzt nicht... aber... Lieschen! Wie schön du bist!

Elisabeth (verlegen und doch in Freude). Ach geh!

Fritz. Jetzt begreif ich's! Denk nur... wie mir der

(Guſtl Waldeck) das von Robert und dir geſchrieben hat, da hab ich lachen müſſen, und hab mir geſagt: der iſt wohl verrückt, daß er das Kind nimmt! (Langſam.) Jetzt begreif ich's!

Eliſabeth (ſucht in Verwirrung abzulenken). Fritz ... wo haſt du denn dein Gepäck?

Fritz. Auf der Bahn. Ich hab nicht gewußt, wohin damit.

Eliſabeth. Nicht gewußt, wohin? Aber du wollteſt ja doch ... (Legt die Hand auf ſeinen Arm, mit ſcheuem Vorwurf.) Sag mir, ... warum wollteſt du nicht gleich zu uns? Warum erſt nach Waldeck?

Fritz (drückt die Hand auf ſeinen Scheitel, nach kurzem Schweigen). Eigentlich weiß ich es ſelbſt nicht! (Lächelnd, in halb ſcherzhaftem Ton.) Ich glaube faſt, ich hab Angſt gehabt ... vor zu Hauſe!

Eliſabeth (in Freude, gegen die Terraſſe gewendet, als ſpräche ſie zu Robert). Siehſt du! Ich hab's gewußt! ... Und da biſt du nun doch gekommen! Weil du nicht anders konnteſt!

Fritz (nickt). Der Guſtl Waldeck hat mich in ſeinen Wagen gepackt und wollte mich heimlotſen zu den Seinen. Aber drüben im Wald hab ich ihm die Zügel abgenommen und bin herüber zu euch gefahren! Ich ſag dir ... (Will ihren Arm nehmen, ſieht die beiden Brettchen; nach kurzem Schweigen.) Das haſt du für mich gemacht?

Eliſabeth (in Freude und Verwirrung). Ach, Fritz, es iſt ja doch alles nur halb ... draußen liegt noch das Laub für die Kränze ... und dort die Blumen ...

Fritz (hat das Brettchen mit dem Spruch betrachtet).

Eliſabeth (ſteht in ängſtlicher Erwartung, die Hände auf das Herz gepreßt).

Fritz (blickt langſam über die Schultern, mit erſtickter Stimme). Lies=chen ...

Eliſabeth. Ja, Fritz.

Fritz. Komm her zu mir ... und lies mir das! Du!

Elisabeth (ohne aufzublicken, mit rührender Innigkeit).
"Als Jüngling bist du ausgezogen
Und kehrst aus Sturm und Meereswogen
Als Mann zurück ins Vaterhaus!
Willkommen, Fritz ...
(Blickt auf, streckt die Hände nach ihm.) ... jetzt ruh dich aus!"

Fritz (in rauhem Jubel Elisabeths Hände quetschend, daß sie die Augen schließt und lächelnd stöhnt). Ich dank dir, Lieschen ... dank dir tausendmal! Jetzt ... jetzt bin ich daheim ... und jetzt hab ich Ruhe! (Streckt die Arme und atmet in Erquickung auf, dann sieht er lachend um sich her.) Ach wie mir wohl ist! Wie mich jetzt alles an= heimelt. Die alten Geweihe! Und die ausgestopften Vögel ... ach Gott, da ist ja auch der Habicht noch, den ich geschossen habe, als zwölfjähriger Junge ... nein, ist der auch noch da! Alles noch wie damals ... und doch sieht alles sich völlig anders an ... so frisch, so freundlich und jung! (Während er Elisabeth in einen Fauteuil schmiegt.) Lieschen! Das hast du mit hereingebracht in unser altes, wurmstichiges Nest!

Elisabeth (in Freude). Ach, Fritz ... glaubst du das wirklich? Oder sagst du es nur so ...

Fritz. Aber Lieschen! Solch einer bin ich doch nicht! (Setzt sich auf die Lehne, mit brüderlicher Traulichkeit.) Und jetzt das wich= tigste zuerst ... sag mir, Lieschen ... bist du glücklich mit ihm?

Elisabeth. Ach ja! Sehr!

Fritz (erfreut). Wahrhaftig?

Elisabeth. Gewiß! Sehr glücklich!

Fritz. Dann soll alles gut sein ... zwischen ihm und mir ...

Elisabeth (selig, seine Hand drückend). Ich danke dir, Fritz, ich ... (Plötzlich seine Hand untersuchend, besorgt.) Was hast du denn da an der Hand?

Fritz. Schwielen.

Elisabeth. Ach! Du! Das sind ja ganze Berge!

Fritz. Von meiner Matrosenzeit. Jetzt hab ich's ja besser, sehr gut sogar... aber ganz vergehen sie nie wieder.

Elisabeth. Du! Da hat Robert ein Mittel! Weißt du, er greift manchmal in der Wirtschaft mit zu, und da bekommt er immer Blasen an den Händen. Aber er hat ein Mittel, damit salbt er sich am Abend die Hände ein, und da bekommt er immer wieder eine ganz glatte, weiche Haut. Ich hol dir's! (Will aufspringen.)

Fritz. Lieschen... bleib! Soll er sich salben... ich schneide das, wenn es drückt, mit dem Messer weg. Aber sag... wirklich? Bist du glücklich?

Elisabeth. Gewiß! Sehr glücklich! Es lebt sich in Wangen so still und frieblich.

Fritz (mit bitterem Erinnern). ... Frieblich?

Elisabeth. Und weißt du... ich denke so gern an alles, was früher war...

Fritz. Als dein Vater noch lebte?

Elisabeth. Ja... und du noch da warst! Ach, Fritz, es ist ein großes Glück für mich gewesen, daß ich gerade hier bleiben durfte. (Nach kurzem Schweigen.) Und Robert ist doch so gut zu mir, so geduldig und giebt sich wirklich alle Mühe, mich zu erziehen.

Fritz. Dich... erziehen? Nein, Lieschen! Bleib lieber wie du bist!

Elisabeth (schüttelt den Kopf). Du, das ist wahr... ich bin so gar nicht die Frau, wie Robert sie für den Ernst seines Lebens braucht... in mir steckt noch eine ganze Menge von solch unreif kindlichen Impulsen...

Fritz. Das hat wohl er gesagt!

Elisabeth (nickt).

Fritz. Soooo?... Er spricht wohl noch immer so viel und... so schön? Was?

Elisabeth. Ja, Fritz! Robert spricht schön! Wie ein Buch!

Fritz (springt auf). Stimmt! (Mit leidenschaftlichem Ausbruch.) Mich hat er damit oft zur Wut und Verzweiflung gebracht!

Elisabeth (erschrocken, mit scheuem Vorwurf). Fritz...

Fritz (sich bezwingend). Aber sag mir, was treibt ihr denn so den ganzen Tag?

Elisabeth (seufzt). Das sind oft lange Tage! Früh um fünf Uhr muß Robert schon auf die Felder. Mittags kommt er oft nur auf ein paar Minuten heim, und wenn er nicht sitzen und rechnen muß, reitet er gleich wieder hinaus...

Fritz. Und du?

Elisabeth. Ich bin eben allein! Das ist ja nicht zu ändern!

Fritz. Aber am Abend...

Elisabeth. Am Abend, ja! Da kann sich Robert doch ein bißchen Erholung gönnen! Weißt du, da geht er auf die Rehpirsche... jeden, jeden Abend! Und da wart ich dann immer mit dem Thee auf ihn... aber weißt du, der Ärmste ist von der vielen Arbeit so müde, daß er oft bei der Zeitung einschläft. Sieh nur... die Löcher da im Teppich... ich hab sie alle wieder zugestoppt... aber weißt du, wenn er so sein Nickerchen macht, fällt ihm manchmal die Cigarre hinunter, das brennt immer ein Loch in den Teppich.

Fritz. ... Und... und du?

Elisabeth. Ich?... Am Abend, meinst du?... Wenn schön Wetter ist, setz ich mich noch ein Stündchen da hinaus...

Du! Das ist ein herrliches Plätzchen! Man sieht den ganzen Park, und den Teich, wie er im Mondschein glitzert... die Nachtschmetterlinge, die das Licht anzieht, flattern um mich herum... das ist alles so schön, so geheimnisvoll... und da träum ich dann so stillvergnügt vor mich hin... oder ich denk' so an alles, was mir lieb ist!... Ach Fritz! Wie oft hab ich da draußen an dich gedacht!

Fritz (erregt ihre Hand pressend). Lieschen!... Und... und was du mir da erzählt hast... (Es pocht an der Thüre; Fritz springt unwillig auf, Elisabeth erhebt sich verträumt.)

Stöckl (tritt schüchtern und möglichst geräuschlos ein). Entschuldigen, Frau Baronin... aber ich hab den Heller drunten nicht gefunden... (Das seltsame Schweigen der beiden anderen macht ihn befangen.) und... Frau Baronin erlauben, daß ich die Post... (Nimmt Zeitungen und Briefe hervor, sieht die Adressen nach.)... ja, ja, ja, ja... stimmt schon alles! (Legt die Post auf den Spiegeltisch, scheu zu Fritz hinüberschielend.) Und zwei Postanweisungen hätt ich noch... 49 Gulden von... Fellmeyer en gros, für Butter und Schmalz... und 32 Gulden 84 Kreuzer von... (Blickt auf, verlegen.)... wenn Frau Baronin die Güte haben möchten, zu unterschreiben...

Elisabeth (halb erwachend). Wie?... Ich bitte...

Stöckl. Ich... ich hätte zwei Postanweisungen, Frau Baronin.

Elisabeth. Mein Mann ist nicht zu Hause, und ich darf Geschäftliches nicht unterschreiben.

Stöckl. Dann bring ich sie halt morgen wieder.

Elisabeth. Ja, lieber Herr Stöckl. (Nimmt ihren Platz auf dem Sopha wieder ein.)

Stöckl. Entschuldigen, Frau Baronin! (Während er sich unter Bücklingen entfernt, blickt er scheu zu Fritz auf, der in wachsender Ungeduld und Erregung den Abgang des Briefboten kaum erwarten zu können scheint.)

Fritz (auf Elisabeth zustürzend, mit leidenschaftlichem Ausbruch). Lieschen... und was du mir da erzählt hast... das ist dein ganzes Leben!... (Wie in Entsetzen.) Lieschen!... Mein Lieschen!

Elisabeth. Fritz! Was hast du denn?

Fritz (sich bezwingend). Ich... nichts... weißt du, ich bin eben solch ein Rüpel, dem alles grob herausfährt... (Preßt ihre Hand und streichelt ihr das Haar). Lieschen... sei nur ruhig... drei Wochen hab ich jetzt Urlaub...

Elisabeth. Drei Wochen nur?

Fritz. Drei Wochen! Aber die sollen dir gehören! Komm, Lieschen... (Rückt an ihre Seite.) Das sollen fröhliche, fröhliche Zeiten werden...

Elisabeth. Ach, Fritz!

Fritz. Alles soll wieder sein, wie es damals war... als ob wir noch glückliche lustige Kinder wären!

Elisabeth. Wenn das noch einmal sein könnte!

Fritz (wie verwandelt, mit sprudelndem Eifer). Ich mach es, Lieschen! Ich! Für dich kann ich alles! Gleich morgen fangen wir an! Wir fischen, jagen, rudern...

Elisabeth (selig). Rudern! Ach, rudern! (Erschrocken.) Aber du... das müssen wir vorsichtig machen... damit die Karpfen nicht beunruhigt werden!

Fritz. Ach geh! Was kümmern denn uns die dummen Karpfen! Wir rudern! Das ist gesund, Lieschen, und macht frisches Blut! Und wenn dir so recht warm geworden, laufen wir in den Wald hinein! Willst du? (Eine ferne Turmuhr, kaum hörbar, schlägt die sechste Stunde.)

Elisabeth. Ja, Fritz! Ja! Ich will!... Aber weißt du, auf was ich mich am meisten freue?

Fritz. Sag, Lieschen ... ich thu's!

Elisabeth. Wenn wir draußen sitzen im Wald... und ... und alles rauscht so über uns ... wirst du mir dann erzählen, was du erlebt hast?

Fritz. Ja, Lieschen!

Elisabeth. Alles?

Fritz. Alles!

Elisabeth (in Jubel). Ach, das wird herrlich sein... namenlos herrlich! (Springt auf, nimmt seine Hände.) Fritz! Ich danke dir, daß du gekommen bist!

Fritz. Ja, Lieschen, das war der gescheiteste Einfall, den ich haben konnte.

Elisabeth (zieht ihn an ihre Seite). Aber weißt du ... da wart ich gar nicht bis morgen ... mit dem Erzählen mußt du heute schon anfangen! Und eines mußt du mir gleich sagen ... nein ... zwei Dinge! Ich möchte mich so recht von Herzen mit dir freuen und möchte mich so recht aus ganzer Seele um dich ängstigen ... sag mir, Fritz: was war das Schönste und das Schlimmste von allem, was du erlebt hast in der Welt? (Blickt atemlos zu ihm auf.)

Fritz (schweigt eine Weile, dann lächelnd und ruhig). Lieschen, die Welt ist groß und weit ... und ein Seemann fährt an Himmel und Hölle vorüber und sieht viel schöne Dinge und viel schlimme! ... Aber das schlimmste von allem? ... Ich glaub wohl, das war damals im stillen Ozean drüben, ein paar hundert Meilen von Kalifornien. Unser Schiff geriet in Brand, und sieben von uns sind mit in die Luft gegangen ... arme Jungen! Wir anderen ...

Elisabeth (in Grauen). Barmherziger Gott! (Preßt die Hände über die Ohren.) Ich kann's nicht hören! Ich bitte, bitte dich ... erzähl mir's nicht.

Fritz (zieht ihr lächelnd die Hände nieder). Aber Lieschen! Es ist ja doch überstanden.

Elisabeth. Ich bitte dich ... fühl nur, wie ich zittere ... bitte, sag mir das andere ... das Schönste!

Fritz. Das Schönste? Da brauch ich nicht lange nachzudenken. Das Schönste ... das war das Meerleuchten.

Elisabeth (tief atmend). Meerleuchten! ... Wie wunderbar schön das Wort schon ist!

Fritz. Ich hab's wohl ein dutzendmal gesehen ... aber so, wie damals ... das echte ... das bekommen unter tausenden nur wenige zu sehen ... und weißt du, die alten Seeleut sagen: wer das sieht, das echte, der sieht es ein einzigesmal in seinem Leben und niemals wieder.

Elisabeth. Und das hast du gesehen! Du!

Fritz (ihre Hand festhaltend, sieht mit leuchtendem Blick ins Leere, als stünde vor seinen Augen, was er schildern will). Wir waren an Java vorbeigesegelt, mit gutem Wind. Damals war ich schon Vollmatros. Und da hatt ich in der Nacht die Ruderwache von Glock zwölf bis vier. Nur ich und der Marsgast droben im Top ... sonst war keiner an Deck ... die anderen schliefen. Alle Segel standen noch voll ... aber der Wind war flau geworden, und das Meer ging lang und hoch ... ohne Rauschen ... ganz leise. Diese Nacht ... ich sag dir, es war eine merkwürdige Nacht! Still und finster ... und doch wieder manchmal so ein mattes Dämmern, bald auf der See, bald über dem glatten Gewölk ... als wär irgendwo ein Licht, aber ein kleines ... und verschleiert. Eine merkwürdige Nacht! Ja, Lieschen ... ich hab's gleich geahnt, daß etwas kommen würde! Aber weißt du, ich dachte an Sturm ... das hätt ich nie gedacht, daß das Schönste kommen würde, was ich im Leben gesehen hab. (Atmet tief und schweigt.)

Elisabeth (in bebender Ungeduld). ... Ach, so sag es doch!

Fritz. Ganz plötzlich kam es. Ich stand gerade über die Nadel gebeugt ... über den Kompaß, weißt du ... weil ich mich überzeugen wollte, ob ich in der Nacht den rechten Weg steuere ... und da war plötzlich ein Lichtschein um mich her ... und wie ich mich umseh, ist das ganze Kielwasser auf eine halbe Meile hinaus ein einziger Feuerstrom. Und da fährt es auch schon über die ganze See hin ... als hätte man alle Wellenkämme mit Feuer nachgezeichnet. Um das Schiff herum wurde das schwarze Wasser so durchsichtig wie Luft ... und wahrhaftig, dann hab ich gemeint, als käm es tief, tief aus der Tiefe heraufgestiegen ... überall im Meer ... wie ein Wunder ... mit Feuer und Glanz, mit Schimmer und Leuchten. An Deck begann alles Holz und Eisen vom Widerschein zu funkeln ... alle Segel, und ... und droben die Wolken ... ach, Lieschen, ich kann dir ja gar nicht sagen, wie es war! Das Herz ist mir stillgestanden, den Atem hat's mir genommen ... und denk nur: droben im Top der Marsgast, der hat mit lauter Stimme zu beten angefangen! Und ich ... als ich mich wieder rühren konnte ... ich bin auf die Glocke zugesprungen, hab draufgeschlagen mit der Faust ... und was ich nur schreien konnte, hab ich den Weckruf geschrieen: „Alle Mann an Deck!" ... Da sind sie heraufgerappelt aus ihren Kojen ... erschrocken ... und zuerst, wie sie das gesehen, da haben sie gelärmt wie besessen ... aber dann sind sie still geworden ... ganz still ... rings herum an der Reeling sind sie gestanden, einer neben dem andern ... nur ich am Steuer ... und keiner mehr hat ein Wort gesprochen! ... Ach, Lieschen, wie schön ist das gewesen!

Elisabeth (nach kurzem Schweigen, mit erstickter Stimme). Fritz... Fritz... wenn ich **das** erleben dürfte... ich glaub, ich könnte sterben dafür!

Fritz (lachend). Sterben? ... Ach, du! ... Für das Schöne lebt man erst recht!

Elisabeth. Ja! Das ist wahr... jetzt fühl ich es selbst... **da lebt man erst!** Und wahrhaftig, ich hätte mir nie gedacht... (Fährt auf, tonlos.) Robert! (Macht ein paar hastige Schritte gegen das Fenster und bleibt zitternd stehen.)

Fritz (fährt mit der Hand über die Augen, macht einen Schritt, streckt die Hand nach Elisabeth und läßt sie wieder sinken; heiser). Ist er's?

Elisabeth (nickt). Hörst du... jetzt reitet er in den Hof! (Ihr Bangen überwindend, aufjubelnd.) Ich sag es ihm! (Eilt gegen die Terrasse.)

Fritz. Lieschen...

Elisabeth. Ich sag es ihm! Die Freude laß ich mir nicht nehmen. (Eilt zur Thüre, zögert; von neuem Bangen befallen, kommt sie zurück, in einer Erregung, bei welcher Angst mit Freude kämpft.) Fritz... ich... ich bitte dich, thu ihm irgend etwas zu liebe...

Fritz (stammelnd). Ja, Lieschen... aber... was nur?

Elisabeth (mit plötzlichem Einfall). Seine Rehpirsche... er wird nicht gehen wollen, weil du gekommen bist. Aber sag ihm: du willst nicht, daß er verzichten soll. Er wird es ja nicht annehmen... aber es wird ihn freundlich stimmen. Willst du?

Fritz. Ja, Lieschen, ich thu's.

Elisabeth (in einem Jubel, als wäre plötzlich alle Angst von ihr geschwunden). Ach, Gott sei Dank! (Eilt zur Thüre.) Die Freude, daß ich ihm das sagen darf! (Ab auf die Terrasse.)

Fritz (steht unsicher, greift an den Hals und fährt mit der Hand über Stirn und Haare).

Robert (erscheint auf der Terrasse). Da bin ich, Kind! Schön guten Abend!

Elisabeth. Robert! Robert! (Wirft sich an seine Brust.) Sieh doch nur ... wer gekommen ist! Schon heute!

Robert (heftig). Fritz! (Beherrscht sich, reicht Elisabeth Hut und Reitgerte, steht ruhig zuwartend.)

Elisabeth (leise, mit ängstlichem Stammeln). Ich bitte dich ...

Robert (nickt und schiebt sie mit der Hand von sich).

Elisabeth (in wachsender Angst immer auf die beiden blickend, geht, wie unbewußt einer Gewohnheit folgend, zum Schirmständer, um Hut und Reitgerte abzulegen).

Fritz (steht regungslos, mit geschlossenen Fäusten; ein Blick auf Elisabeth scheint ihn zu verwandeln; stammelnd). Lieschen ... (Eilt auf Robert zu, herzlich und in tiefer Bewegung.) Robert ... wir sind ja Brüder ... nicht wahr, wir sind's noch immer? Und wollen es jetzt erst recht sein! (Streckt ihm beide Hände hin.) Grüß dich Gott ... Bruder!

Robert (förmlich, mit peinlicher Befangenheit). Willkommen! Sei mir herzlich willkommen! (Reicht ihm die Hand.)

Fritz (von seiner Bewegung überwältigt). Die Hand nur? Nein, Robert, ich will mehr ... (Küßt ihn mit stürmischer Leidenschaft und hält ihn umschlungen.)

Robert (von einer weichen Regung erfaßt, streicht ihm mit der Hand übers Haar).

Elisabeth (welche in verzehrender Angst jede Miene Roberts beobachtete, preßt in Freude die Hände auf das Herz und atmet auf, wie von einer Last befreit).

Robert. Ach, geh doch, Junge! ... (Er muß sich räuspern, um klare Stimme zu bekommen.) Sei nur ruhig jetzt ... und daß wir beide ein herzliches Verhältnis zu einander finden ... an mir soll es nicht fehlen! (Löst die Arme des Bruders von seinem Halse.)

Fritz. Ich danke dir! (Schüttelt Roberts Hände, mit leuchtendem Blick auf Elisabeth.) Und sieh nur dein Lieschen an ... wie sie sich freut mit uns beiden!

Elisabeth. Ach, Fritz ... ach, Robert ... (Nimmt Roberts Arm und schmiegt sich schauernd an ihn.)

Fritz. Und das soll dauern, Lieschen! Das wollen wir festhalten ... wir drei! Nicht wahr, Robert?

Robert. Ja. Nach Kräften. Und das soll das köstlichste Geschenk sein, das ich dir als Bruder biete bei deinem Eintritt in mein Haus: unser Vater hat mit Worten voll sorgender Liebe von dir gesprochen, bevor er die Augen schloß ... und sterbend hat er dich gesegnet ... mich, als den Träger seines Namens ... und auch dich.

Fritz (rauh, einem leidenschaftlichen Ausdruck nahe). Ich danke dir ... für dieses Geschenk. Aber es wäre besser gewesen, du hättest mir das geschrieben ... damals in deinem Brief ... auch das geschrieben ... nicht nur das andere ... dieses Kalte! ... Zwei Jahre hab ich gewürgt an diesem Brief. Und ich hab ihn noch! (Auf die Brust schlagend.) Hier! Hier!

Elisabeth (legt mit flehendem Blick die Hand auf seinen Arm). Fritz ...

Fritz (verwandelt). Verzeih mir, Robert ... in mir steckt was von der Wildheit, die in jedem wächst, der so umkugelt in der Welt ... aber ... ich bin noch immer damit fertig geworden ... (Mit einem Blick auf Elisabeth.) wenn es sein mußte! Komm Lieschen ... komm Robert ... jetzt wollen wir Frieden halten, wie drei, die zusammengehören! Und du, Robert, du schenk mir das eine: daß ich mich die paar Tage bei euch ausruhen kann ... weißt du, so recht behaglich!

Elisabeth. Ja, Fritz, ja! Nicht wahr, Robert, das soll er ... und alles genießen, was wir ihm bieten können?

Robert (zurückhaltend). Ja, mein Kind ... alles, was ich ihm bieten kann.

Fritz (immer freier, in glücklicher Heiterkeit). Ach geh doch! Als ob ich weiß Gott was von euch verlangen möchte! Mit euch beiden glücklich sein, schwatzen und lachen mit Lieschen... sonst will ich nichts. Nein, Robert... sonst wär ich nicht heimgekommen. Weißt du, jetzt bin ich ein freier, unabhängiger Mensch...

Robert. Das hör ich gerne.

Fritz. Aber sag, Lieschen, wollen wir uns denn nicht um den Tisch herum ein bißchen vor Anker legen... ja? (Zieht Elisabeth zum Tisch.)

Robert (folgt den beiden, förmlich). Hier, lieber Fritz... für dich den Ehrenplatz!

Fritz (lachend). Nee, Robert, da setz du dich nur hin! So! Und Lieschen zwischen uns... damit wir alle beide was haben von ihr. Denn weißt du, Robert... alles gönn ich dir... was du hast, hat ja auch Lieschen... aber von ihrer Liebe mußt du mir ein bißchen was abgeben... so ein ganz bescheidenes Brudertheil... neben deinem Majorat!

Elisabeth. Ja, Robert, ja! Das mußt du! (Die Hände der beiden fassend.) Ach, wie ich mich freue, daß alles so gekommen ist... und daß ich so zwischen euch sitzen kann... zwischen euch beiden!

Robert (nickt ihr lächelnd zu). Sag mir, Fritz... bist du zufrieden mit deinem Beruf?

Fritz. Manchmal denk ich freilich noch an meine... (Den Gedanken von sich abschüttelnd, rauh und hastig.) Ich liebe die See, und... (Wieder in fröhlichen Ton fallend.) Und denk nur, Lieschen, den schönen Titel, den ich mir verdient habe: „Herr Mat!"

Elisabeth (staunend). Herr Mat? Du, das gefällt mir riesig! Herr Mat! (Zu Robert.) Das klingt so, weißt du... sag du es einmal!

Robert. Aber Kind!

Elisabeth. Bitte, bitte, Robert ... du giebst ja doch sonst so viel auf Titel!

Robert (lächelnd). Na also ... Herr Mat!

Elisabeth. Und das ist eine schöne Stellung ... ja?

Fritz (stolz). Ja, Lieschen!

Robert. Eine Stellung mit respektablem Gehalt.

Fritz. Zwölfhundert Gulden Heuer im Jahr.

Elisabeth. Nicht mehr? ... Ach, Robert ...

Robert. Kind! Das ist eine beträchtliche Summe.

Fritz. Mehr, als ich brauche! Sieh mal an ... (Zieht eine abgegriffene Brieftasche hervor und läßt sie auf den Tisch fallen.) Da drin ist noch die halbe Heuer vom letzten Jahr.

Elisabeth. Robert!

Robert (freudig). Wahrhaftig? Du machst Ersparnisse?

Fritz. Na, und warte nur ... wenn ich erst Kapitän bin, leg ich jedes Jahr meine dreitausend Gulden hinter's Leder.

Robert. Brav, mein Junge! (Steht auf, Fritz herzlich auf die Schulter klopfend.) Wer sich das von dir hätte träumen lassen! Du ... als Erbonkel! (Lacht, sieht nach der Uhr und geht zum Fenster.)

Elisabeth (blickt erschrocken zu ihm auf und streift Fritz mit verwirrtem Blick).

Fritz (herzlich lachend). Ich! Euer Erbonkel! (Während er zu Elisabeth aufblickt, wird sein Lachen gezwungen, plötzlich verstummt er, sieht von Elisabeth auf Robert, von Robert auf Elisabeth und schüttelt den Kopf, stammelnd.) Komisch ... eigentlich kann ich mir das gar nicht vorstellen, daß ... daß ihr beide ... (Steht auf.)

Robert (hat zum Fenster hinausgeblickt). Niemand hier ... (Wendet sich.) Verzeih, lieber Junge ... nur eine Minute ... ich habe den Jäger zur Elendwiese hinaufbestellt und muß ihm Nachricht schicken, daß ich nicht komme. (Geht zur Terrasse.)

Fritz (sich gewaltsam aus seiner befangenen Stimmung herausreißend, eilt ihm nach und verstellt ihm mit offenen Armen den Weg). Robert . . . jetzt thu mir aber den einen Gefallen: schick du dem Jäger keine Nachricht, sondern nimm deine Büchse .

Robert. Aber Fritz! Was denkst du nur! Heute!

Fritz (herzlich). Thu mir den Gefallen! Sieh doch . . . wenn ich weiß, daß ich dich in keiner Gewohnheit störe, dann bin ich gleich in der ersten Stunde so recht zu Hause!

Robert. Also gut, ja.

Elisabeth (erschrocken). Robert?

Robert. Aber Kind, diese erste Bitte muß ich ihm doch erfüllen.

Fritz. Natürlich! (Nickt Elisabeth lachend zu.)

Robert. Doch nur unter einer Bedingung: Mach du mir dir Freude und geh mit.

Elisabeth (enttäuscht). Ach . . .

Robert. Ich trete dir den Stand auf der Elendwiese ab, und es soll mich freuen, wenn der gute Bock dir zu Schuß kommt.

Fritz. Was meinst du, Lieschen? Ich denke, wir gehen mit. Ja?

Elisabeth (in scheuem Jubel). Ach, Fritz . . . ich möchte wohl . . .

Robert. Aber Kind! Du . . . auf die Jagd! Du weißt ja doch, wie ich darüber denke . . .

Elisabeth (mit stürmischer Umarmung). Bitte, bitte! Nur dieses einemal . . . nur heute . . .

Fritz. Na also, Robert! Da kannst du doch nicht Nein sagen!

Robert (in Unbehagen). Es ist nun einmal meine Art, alles ernst zu nehmen, auch das Vergnügen . . . und Frauen auf der Jagd . . . sie können nicht still sitzen, nicht schweigen . . .

Elisabeth. Robert...

Robert (unwillig). Aber liebes Kind...

Fritz. Und da soll sie nun wieder zu Hause sitzen und Trübsal blasen? Gott bewahre! Lieschen muß mit! Das ist meine Bedingung. (Lachend.) Und wenn du fürchtest, daß sie dir die Jagd verdirbt... ich nehm sie mit mir auf meinen Stand.

Robert (seufzt und zuckt lächelnd die Schultern). Na also... dann in Gottesnamen!

Elisabeth (in Jubel). Robert! Ach... ich freue mich wie ein Kind! (Will ihren Hut nehmen.)

Robert. Ja, das merk ich: wie ein Kind! (Lachend.) Aber so, im lichten Kleid... das geht doch nicht.

Elisabeth (herzlich auflachend). Ja, da möchten die Rehböcke tüchtig laufen. Nur eine Minute, und ich bin so grün wie eure heilige Diana in Gala! (Fliegt zur Thüre.)

Robert. Und du, Fritz, mit deinen blanken Knöpfen...

Elisabeth (unter der Thüre). Fritz! Ich bringe dir eine Joppe von Robert, und einen Hut! (Eilt davon, glückselig auflachend.)

Fritz (sieht lachend die geschlossene Thür an).

Robert (schüttelt den Kopf, halb für sich). Das Kind ist heute wie verwandelt...

Fritz (erwachend). Robert!... Weißt du, daß ich dir noch gar nicht Glück gewünscht habe? Ich sollt es dir nachtragen, daß du mir das nicht geschrieben hast... daß ich es von Gustl Walbeck erfahren mußte...

Robert (peinlich berührt). Fritz...

Fritz (hastig). Nein, Robert... keinen Vorwurf mehr zwischen uns! Und ich wünsche dir Glück... weißt du, so recht von Herzen... du Glücklicher! Daß du das gefunden haft! Was du an Lieschen haft . . . ich glaube, das weißt du gar nicht!

Robert. Doch, lieber Junge, doch! Das weiß ich sehr gut!

Fritz (in Freude). Ja? Weißt du es?

Robert. Elisabeth ist ein treffliches, ungemein bildsames Geschöpf. Ich hoffe mit ihr noch glückliche Zeiten zu erleben . . . und habe sie im vollen Bewußtsein ihrer guten Eigenschaften zur Frau genommen, obwohl mancherlei Bedenken dagegen sprachen . . . du weißt ja . . . ich hatte zu kämpfen, als ich das Majorat übernahm, und . . . Elisabeths Vater lebte in so bescheidenen, fast dürftigen Verhältnissen . . .

Fritz. Robert! Lieschen . . . und arm? Das kannst du mir doch im Ernst nicht sagen wollen? Lieschen ist reich . . . reich! Du hast sie wohl noch gar nicht angesehen? Diese Frische, diese Jugend, diese Sonne in ihrem Blick . . . alles atmet Leben, alles blüht an ihr . . . das ist ja wie ein ganzer Frühling, der dich anlacht . . .

Robert (klopft ihm lachend auf die Schulter). Ich merke . . . dich hat sie gewonnen! Du Schwärmer!

Fritz. Robert . . .

Robert. Das heißt, es ist wahr . . . wenn ich Elisabeth zuweilen in einer Mußestunde so betrachte . . . (Lächelt vor sich hin; macht mit der Hand eine ablenkende Bewegung, seufzt.) Ach, lieber Junge . . . das Leben verlangt doch wohl nach ernsteren Dingen! Aber nicht wahr, Fritz . . . um i h r e t willen thust du mir einen Gefallen? Ja?

Fritz. Um Lieschens willen? Alles, Robert!

Robert. Dann sag „Elisabeth" zu ihr! Lieschen . . . ich habe solch ein merkwürdiges Widerstreben gegen diese . . . diese Popularisierung ihres schönen Namens.

Fritz (langsam). Elisabeth?... Nein, Robert! Das bring ich nicht fertig! „Lieschen"... weißt du... das ist meine ganze Jugend, meine schöne, fröhliche Zeit von damals... „Lieschen"... das ist alles, was ich habe von ihr! Nein, Robert... das „Lieschen"... das mußt du mir lassen.

Robert. Wenn du nicht anders kannst... na also! Aber komm, lieber Junge... jetzt wollen wir für dich was Hübsches und Gutes aus meinem Gewehrschrank hervorsuchen. (Sperrt den Gewehrschrank auf.) Ein arabisches Sprichwort sagt zwar: „Deine Frau, dein Pferd und dein Gewehr sollst du auch deinem Bruder nicht anvertrauen"... aber ich will dir heute eine ganz besondere Ehre erweisen, und... (Wichtig.) wenn du mir versprichst, die Waffe vorsichtig zu behandeln... dann geb ich dir meine neue englische Büchse... die schießt auf den Punkt.

Fritz (mit den Augen bei der Thüre). Ach geh doch... die behalte nur du... wenn ich Lieschen bei mir habe, kann ich so viel Verantwortung nicht übernehmen, und... (Kommt zu Robert.) wenn du mir wirklich eine Freude machen willst... (Bewegt, zögernd.) dann... dann gieb mir den alten Zwilling, den Papa immer führte.

Robert. Ach, was... die alte Kanone schießt ja nicht mehr auf fünfzig Schritte.

Fritz. Bitte... gieb sie mir!

Robert (lachend). Na, meinetwegen... da hast du sie! (Reicht ihm eine doppelläufige Flinte.)

Fritz (das Gewehr in Erregung betrachtend). Mit der hab ich... meinen ersten Schuß gethan... als zwölfjähriger Junge... und... Papa ist dabeigestanden... als ich den Habicht herunterschoß... den dort oben!... Damals... (Mit zuckenden Lippen.) damals hatte Papa... Freude an mir.

Robert (der im Gewehrschrank kramte, blickt auf, lächelt, legt Fritz den Arm um die Schulter). Fritz! ... Papa hätte wieder Freude, wenn er sehen könnte, wie du geworden bist.

Fritz. Robert ... (Läßt das Gewehr sinken, und in Schluchzen ausbrechend wirft er sich an Roberts Brust.)

Robert (freundlich). Aber Junge ... Thränen ... geh, schäm dich doch!

Fritz (richtet sich auf, preßt die Fäuste auf die Augen). Ich ... und heulen ... wahrhaftig, ich weiß nicht mehr, was heut aus mir geworden ist! Drüben ... als ich da drüben stand ... es hat gewühlt in mir ... aber ich hab nicht weinen können. Und jetzt ... ich weiß wahrhaftig nicht, was ich nur habe ... alles zittert in mir, jede Fiber zuckt ... es ist was in mir, das ich nicht begreife ... soll ich heulen oder lachen? ... ich weiß nicht, was ich will ... und weiß nicht, was das ist in mir!

Robert. Das ist Freude, mein lieber Junge ... echte, reine Herzensfreude ... die Befriedigung in dir, daß alles zwischen uns beiden wieder so gut und schön geworden.

Fritz. Ja, das muß es wohl sein!

Robert. Und nicht wahr, so soll es auch bleiben zwischen uns?

Fritz. Ja, tausendmal ja ... und ... (Er greift mit zuckenden Händen in die Luft, wie nach einem Ausdruck für seine Empfindung ringend; plötzlich stürzt er auf den Tisch zu, auf dem seine Brieftasche liegt.)

Robert (schüttelt den Kopf und sieht ihm lächelnd nach). Na, Junge ... (Hebt das Gewehr auf.) meine neue Büchse werde ich dir wirklich nicht anvertrauen. (Lehnt die Waffe an den Sekretär und wendet sich zum Gewehrschrank.)

Fritz (hat in erregter Hast ein Blatt aus der Brieftasche genommen). Robert ... sieh her, Robert!

Robert (sich wendend). Fritz?

Fritz. Weißt du, was das ist? ... Dein Brief ... der einzige, den du mir geschrieben ... nach dem Tod des Vaters! Sieh ihn an ... wie er zerknittert ist ... so hab ich ihn zerdrückt in meinen Fäusten! Und wie er grau ist ... von meinen schmutzigen Matrosenhänden! Den Brief ... den hab ich mir aufbewahrt ... als Waffe gegen dich!

Robert. Fritz? ...

Fritz. Aber jetzt ... eurem Frieden, eurem Glück zu liebe ... jetzt will ich keine Waffe mehr haben ... gegen dich. Alles soll gut sein! Alles! Sieh her, Robert ... sieh her! (Er zerreißt den Brief.)

Robert. Fritz ... laß dir sagen, lieber Junge ...

Fritz (mit bittender Abwehr). Nein ... kein Wort ... sieh her ...

Robert. Auch das eine Wort nicht ... daß es mir heute leid thut ...

Fritz (in lachender Freude). Still, Robert ... da hast du mir das Beste schon gesagt ... (Mit einem letzten Riß durch die Blätter.) und jetzt ist alles gut! (Öffnet die Arme.)

Robert. Fritz ... (Will ihn umarmen.)

Fritz (wehrt mit der Hand). Lieschen kommt!

Robert (lauscht). Nein ... ich höre nichts. Und mein durch die Jagd geschärftes Gehör ... Wahrhaftig, da kommt sie! (Geht zum Gewehrschrank.)

Elisabeth (erscheint mit fröhlicher Hast unter der Thüre, in grünem Lodenkleid und federngeschmücktem Hütchen, über dem Arm eine Joppe, in der Hand einen verwitterten Jagdhut). Fertig! Fertig! Und ihr, natürlich, ihr steht noch immer beim Gewehrschrank! Ja, ja, ja, die flinken Männer! (Lacht auf; eilt auf Fritz zu, der ihr lachend in die Augen sieht.)

Fritz ... ich freue mich kindisch! (Preßt in Freude die Joppe an ihre Brust.) So ... und da hast du deinen Hut! (Hebt sich auf die Fußspitzen und klatscht ihm den Hut aufs Haar.)

Fritz. Lieschen ...

Elisabeth. Ach, du, wie prächtig der alte Hut dich kleidet! Robert! So sieh ihn doch nur an!

Robert (am Gewehrschrank, über die Schulter). Geh, du Kind, du bist wohl ganz aus dem Häuschen?

Elisabeth (auflachend). So! Und jetzt herunter mit dem Uniformsrock ... Herr Mat! Jetzt kommt die Joppe! Flink, flink! Oder willst du die Joppe über den Matsrock anziehen? ... Komm, ich helf dir. (Faßt den Ärmel.)

Fritz (sträubt sich lachend). Aber Lieschen ... geh doch! Du ... und ...

Elisabeth. Flink, flink, flink, flink, flink! (Zieht sichernd am Ärmel.) Sooooo ... und jetzt die Joppe ... Herr Mat! (Kichert, und hilft ihm in die Joppe.)

Fritz (zärtlich zu ihr niederblickend). Lieschen ... Hausmütterchen!

Elisabeth. Sooooo! ... Ach, du, die sitzt dir ja wie angegossen! Robert! Sieh doch mal! Viel besser, als dir!

Robert (ohne sich umzuwenden). Ja! Ja! (Er füllt ein kleines Lederetui mit Patronen, jede einzelne betrachtend.)

Fritz. Alle Wetter! Wenn mich meine Jungen so sehen würden! (Steckt die Brieftasche ein.)

Elisabeth. Ihren ... Herrn Mat! (Kichert, und holt die Flinte.)

Fritz (steht lachend, streckt und beugt die Arme, um sich's in der Joppe bequem zu machen).

Elisabeth (präsentiert die Flinte). So! Jetzt hast du alles ... ja? Und jetzt komm ... (Schmiegt sich in glückseliger Stimmung an seinen Arm; aufjubelnd.) „Hinaus zum lustigen Jagen, tralallera lallera la!" (Fritz fällt ein, so treten sie singend auf die Terrasse, wo goldener Sonnenschein sie umleuchtet.)

Robert. He, Junge! ... Patronen brauchst du wohl gar nicht?

Elisabeth. Fritz! Sieh nur ... den Himmel ... wie der leuchtet! ... Ach, du! Das wird ein Abend heute!

Fritz (mit bebender Stimme). Lieschen ... (Sie stehen Blick in Blick; plötzlich huscht Elisabeth kichernd davon; Fritz will sie haschen und eilt ihr lachend nach.)

Robert (schließt den Gewehrschrank, lachend). Da sind die zwei richtigen Kinder zusammengekommen! (Greift nach dem Gewehr.)

Fritz (unsichtbar im Garten, mit verhallendem Laut). Lieschen ... Lieschen!

(Der Vorhang fällt.)

Dritter Aufzug.

Waldsaum bei der Elendwiese.

Rechts zwischen Felsen und Büschen ist der Aufstieg aus dem Thal gedacht. Links im Vordergrund eine alte Buche, deren Äste die ganze Bühne überspannen. Blühende Ranken winden sich über den Stamm empor und hängen von den Zweigen nieder. Der Fuß des Baumes ist von dichtem Gebüsch umzogen, das zu einem laubenförmigen Jägerversteck ausgeschnitten ist: in dieser Laube ein mit Moos belegter Sitz. Schief über den Hintergrund, den Waldsaum durchschneidend, zieht sich eine Schlucht mit kleinem Wasserfall, den ein aus Rundhölzern gebauter Steg überbrückt, von welchem einige Stufen zur Bühne herabführen. Neben den Stufen, am Rand der Schlucht und vom Himmel sich abhebend, ein halb zerfallenes Steinkreuz von halber Mannshöhe. Im Vordergrunde rechts ein zu drei Stufen sich aufbauender Fels, dessen niederste Stufe bequemen Sitz für zwei Personen bietet. Über der Brücke und unter ihr hindurch sieht man den freien Himmel, so daß sich in dieser Scharte das ganze Farbenspiel der untergehenden Sonne zeigt. In weiter Ferne sieht man ein Wiesenthal mit glitzerndem Bach und kleinem Dorf und am Horizont einen Zug blauer Waldberge. Üppiger Blumenflor an den Felsen und auf der Wiese.
Die Stimmung des Aktes verlangt von der Dekoration allen Farbenreiz des Frühlings.

Heller (sitzt bei der Buche; er hat den Rucksack zu Boden gelegt und die Flinte an den Fels gelehnt; mit den Ellbogen auf die Kniee gestützt, hält er die Stirn auf die Fäuste gepreßt; er richtet sich auf, späht und lauscht unter Zeichen der Ungeduld, seufzt, kraut sich hinter den Ohren, und grübelt wieder. Man hört den Schlag einer Goldamsel;* Heller blickt in das Gezweig empor, grollend). Hör

---

* Der Amselschlag ist mit keinem Instrument nachzuahmen; Flöte, Piccolo oder Clarina tönen zu grob; am besten und natürlichsten wirkt der Schlag, wenn er gut und richtig gepfiffen wird:

auf... bu! (Er atmet schwer und sitzt eine Weile in Brüten versunken; dann springt er unwillig auf, geht rechts zum Abstieg und späht in die Tiefe.) Halb acht schon... und sie kommt nicht!... Na, wart nur... wenn wir Mann und Frau sind... der liebe Herrgott soll uns das geben!... aber dann sollst du sitzen und Geduld spinnen! (Geht schwer atmend zum Sitz zurück, versinkt in Grübeln. Wieder hört man den Amselschlag.) Du... hör auf, sag ich, oder... (Will wütend nach der Büchse greifen, seufzt, nimmt wieder den Kopf in die Hände.) Einen Spektakel mach ich ihr aber, wenn sie kommt... die soll sich freuen! (Fährt lauschend auf.)

Hannchen (erscheint atemlos beim Aufstieg, reißt das weiße Kopftuch herunter).

Heller (in Freude). Hannerl! (Eilt ihr entgegen, umschlingt sie und bedeckt ihr Gesicht mit Küssen.)

Hannchen (hängt zitternd an ihm, ohne Atem zu finden).

Heller. Geh, Schatzerl, verschnauf dich nur erst... geh, komm! (Führt sie zur Bank.) Hörst, du mußt aber schön ge= laufen sein.

Hannchen (blickt mit schmerzlichem Lächeln zu ihm auf und nickt). Ich hab mich ein bißl verspätet.

Heller. Ein bißl? So?... Anderthalb Stund!

Hannchen. Weißt, die Mutter hat mich gebraucht... ich hab das Büberl noch baden müssen... wahrhaftiger Gott, Toni, ich hab nicht früher weg können! Ach Gott... und die Angst, daß du nimmer da bist.

Heller. Aber geh, Schatzl... wenn ich doch einmal was sag... ich wär ja sitzen geblieben bis morgen.

Hannchen (nickt und wischt sich mit dem Tuch den Schweiß von Gesicht und Hals).

Heller (seufzt und schweigt; er legt den Arm um Hannchen, preßt sie an sich, und so sitzen sie eine Weile wortlos, während Heller mit der Fußspitze im Rasen wühlt).

Hannchen (hat das von Schweiß durchfeuchtete Tuch geglättet und will es zum Trocknen über die Kniee breiten; scheu blickt sie zu Heller auf, dabei kommen ihr plötzlich die Thränen, und leise weinend bedeckt sie mit dem Tuch das Gesicht).

Heller. Geh, Hannerl . . . deswegen mußt doch net weinen!

Hannchen. So? . . . Ja, du . . . du kannst vielleicht noch lachen! Aber ich . . . ich sitz halt jetzt da!

Heller (tröstend). No geh, schau . . . ich sitz ja doch auch da bei dir.

(Schwüle Pause.)

Hannchen (in rührendem Kummer). Toni! Toni! Was thu ich denn jetzt! Es is mir ja net um mich . . . meiner Seel, Toni . . . aber 's Mutterl daheim, und mein guter Vater . . . und 's ganze Haus voll Sorgen und Kinder! Und jetzt komm ich auch noch so! Toni . . . lieber Toni . . . was thu ich denn jetzt?

Heller (hilflos). Wenn ich mir nur ein Rat wüßt . . . (Springt auf.) und wenn's der dümmste wär . . . aber ich weiß mir kein!

Hannchen. Toni . . . schau mich an, Toni . . . ich bitt dich um Gotteswillen, kannst es denn gar net machen, daß d' mich heirats?

Heller (krault sich hinter den Ohren, setzt sich wieder). Aber schau, Hannerl, was soll ich denn machen? Erst heut hat mir's der gnädige Herr wieder hingerieben: „Einen verheirateten Jäger . . . nein! Der macht bei Tage schlechten Dienst, und in der Nacht, wenn ich ihn brauche, ist er nicht zu haben!" . . . Was sagst, Hannerl? . . . In der Nacht nicht zu haben! . . . (Wütend.) Als ob unsereins überhaupt kein andern Zweck auf der Welt hätt, als bloß den einzigen: „Jawoll, Herr Baron!"

Hannchen (weint heftiger).

Heller (zärtlich). Aber geh, Schatzerl, thu dich trösten! Schau, heut können wir unsere bedrückten Herzen so recht vor einander ausschütten . . . heut geht der Herr nimmer auf die Pirsch . . . er hat da herauf kommen wollen . . . kannst bir den Schrecken denken, den ich ausgestanden hab . . . aber heut bleibt er schon drunten . . . denk bir, Hannerl, der junge Baron Fritz ist wieder da!

Hannchen (theilnahmelos). So?

Heller. Ja! (Seufzt und schweigt.)

Hannchen. Toni! Was thu ich denn?

Heller (traut sich bekümmert hinter den Ohren). Und wenn ich schon sag, ich will dir zu lieb mit'm Kopf durch die Wand durch . . . aber den Dienst aufsagen und ein andern suchen . . . jaaa, suchen ist leicht . . . aber 's finden! Da geht ein halbes Jahr brauf! Jetzt müßten wir heiraten . . . aber ich kann doch mein Herrn net zwingen, daß er mir's erlaubt . . . und wenn ich komm und sag ihm: so steht's . . . du, Hannerl, da kann ich 's fliegen lernen, mit die Füß in der Höh! Und nachher haben wir erst recht 's Malheur! . . . (Mit tiefem Seufzer.) O du lieber Herrgott! . . . Uns zwei, Hannerl, uns verfolgt halt 's Unglück! . . . So viel tausend Paarerln haben sich gern auf der Welt . . . und grab uns zwei muß so was passieren! (Schluckend, als wären ihm die Thränen nahe, zieht er das Taschentuch hervor, schleudert es wütend aus, schneuzt sich und wischt über die Augen.)

Hannchen (mit erloschener Stimme). Natürlich . . . jetzt kannst jammern, gelt? Und z'erst hast allweil so schön süß daherreden und betteln können: „Geh, Hannerl, geh!" . . . (In bitterliches Schluchzen ausbrechend.) Da hast es jetzt, dein „Geh, Hannerl, geh!"

Heller (gekränkt). So? . . . Ja! . . . Nur brav den armen Geliebten runterschimpfen! Da is nachher gleich alles besser! (Will aufstehen.)

Hannchen (zieht ihn an der Joppe auf die Bank zurück, herzlich). Geh, Toni, sei gut!... Schau, ich mach dir ja gwiß kein Vorwurf!

Heller (drückt sie zärtlich an sich). Ja, Hannerl... und wir zwei... wir zwei sind alle zwei unschuldig!... (Nach stummer Pause mit wütendem Ausbruch.) Da ist kein andrer dran schuld als... als der gottverdammte Vogel da droben! So lang hat er all= weil pfeifen müssen mit seinem süßen Schnabel... der!... Natürlich! Im kalten Winter passiert so was doch net so leicht! Aber wenn der Schnee so schön langsam weggeht... und der Mensch kann ein bißl aufschnaufen, und die ganze Lebensfreud packt ihn an... und die ganze Welt is so schön, und alles blüht und der liebe Himmel is blau... natürlich, da hat so ein Vogel leicht pfeifen!... Und gelt, Schatzerl, schöne Zeiten waren's halt doch... gelt, ja?

Hannchen (blickt zärtlich und unter Thränen lächelnd zu ihm auf und legt den Arm um seinen Hals).

(Man hört leise den Amselschlag.)

Heller. Hörst ihn, Hannerl!... Er pfeift schon wie= der... so schön süß!

Hannchen (entwindet sich ihm; scheu). Geh... du!... (Bricht in bitterliches Schluchzen aus.) Toni... wenn's der Vater merkt ... meiner Seel, ich spring ins Wasser!

Heller (erschrocken). Hannerl! Hol mich der Teufel, da spring ich mit! (Drückt ihren Kopf an seine Brust, trocknet ihr die Augen und tätschelt ihr die Wange.) Hannerl... geh... Schatzerl... schau nur: wenns Ärgste einmal überstanden is... schau, Hannerl ... bei dir daheim... wo sieben Kinderln ihr Auskommen haben... schau, da kann 's achte doch auch noch ein bißl mitknuspern.

Hannchen. Aber Toni! Das kann doch bein Ernst net sein!

Heller (hilflos). So sag mir doch was anders! Ich reiß mir doch 's Herz ausm Leib ... gern, Hannerl, gern! (Atmet schwer und brütet vor sich hin.)

Hannchen (mit glücklichem Einfall, in bebender Erregung). Toni! Wenn ein Mensch noch Mitleid und Hilf für uns hat, so hat's nur ... (Man hört von der Höhe der Schlucht das helle glückliche Lachen Elisabeths.)

Heller (springt auf). Jesus Maria ... Hannerl ... jetzt mach aber Füß ... (Blickt verstört um sich.)

Hannchen. Fort, Toni ... fort ...

Heller. Komm ... schnell ... (Reißt sie mit sich fort nach rechts gegen den Abstieg.) Hannerl! Mar und Joseph! Da kommt der gnädige Herr! (Reißt sie zurück.) Was machen wir jetzt? Und hinter uns der tiefe Graben und 's Wasser! Hannerl? Was fangen wir benn an? (Man hört aus der Tiefe der Schlucht den lachenden Ruf: „Lieschen? ... Wo bist du?" Von der Höhe antwortet ein lustiges Kichern.)

Heller. Hannerl! Um Gottes willen! Versteck dich ... nur gschwind!

Hannchen (blickt verstört um sich, wirft sich an Hellers Brust, küßt ihn mit heißer Leidenschaft und springt in das Gebüsch hinter der Buche).

Heller (eilt zu seinem Gewehr, nimmt den Rucksack um und stellt sich in Positur, immer scheu nach den Büschen blickend).

Elisabeth (erscheint von links auf der Brücke, wie von hastigem Lauf erhitzt, und winkt lachend mit dem Taschentuch in die Schlucht). Du Blinder! Siehst du benn nicht? Hier! Hier! (Sie buckt sich, huscht über die Brücke und lehnt sich atemlos und kichernd an einen Baum.)

Fritz (in der Schlucht). Lieschen! (Er kommt von links aus der Schlucht hervor, gewahrt Elisabeth, stellt die Flinte nieder und eilt lachend über die Stufen hinauf.) Hab ich dich! (Er hascht Elisabeths Hände; so stehen sie lachend und sehen sich in die Augen.)

Elisabeth (nach kurzer Pause). Sooo? Sooo? Und wer war's denn, der den Weg verloren hat?

Fritz. Nun hab ich ihn doch gefunden!

Elisabeth. Ja, schön! Verirrt haben wir uns!

Fritz (während er sie stützt und über die Stufen niederführt). Verirrt? Ich bin ja doch bei dir!

Elisabeth. Ach, geh doch ... du! (Kichert lustig auf.)

Heller (in das Gebüsch flüsternd). Aber um Gottes willen, so halt dich doch ruhig!

Fritz (lachend). Aber sieh nur, Lieschen, wir haben uns ja gar nicht verirrt. Wir stehen ja vor der Elendwiese ... da draußen liegt sie.

Elisabeth. Wahrhaftig! (Lachend.) Ohne daß wir es wußten, sind wir nun doch dahin gekommen, wohin wir mußten! ... Ja, das ist die Elendwiese ... und sieh nur, da steht Heller schon und wartet.

Fritz. Heller! Der Toni Heller? (In Freude.) Heller? Wahrhaftig! Bist du's? (Eilt auf ihn zu.)

Heller (zwischen Freude und schwüler Verlegenheit). Jawohl, Herr Baron.

Fritz (Hellers Hand schüttelnd). Ach, geh doch ... ich bin der Fritz ... bin's heute gerade noch so wie damals. Und ich freue mich, daß wir uns wiedersehen. Sieh nur, Lieschen ... der ist auch noch ein Stück jener schönen, glücklichen Zeit!

Heller (dessen Aufmerksamkeit zwischen Fritz und dem Gebüsch getheilt ist). Herr ... Herr Fritz ...

Elisabeth (ist hinzugetreten, in freudiger Spannung die Wirkung beobachtend, welche das Wiedersehen auf Heller übt; ungeduldig). Also, Heller, also? Was sagen Sie zu ihm? ... Aber so reden Sie doch!

Fritz. Wir haben uns lange nicht gesehen ... und inzwischen ist ein schmucker Jäger aus dir geworden.

Heller (mit seiner Erregung kämpfend). Und aus Ihnen, Herr ... Herr Baron ... aus Ihnen ist etwas geworden ... Herr Gott ... man hat seine Freude dran, wenn man das ansieht.

Elisabeth (enttäuscht). Und das ist alles, was Sie von ihm zu sagen haben? Alles?

Heller (will sprechen, erschrickt und späht nach dem Gebüsch).

Elisabeth. Was haben Sie denn nur?

Heller. Ich ... ich ...

Fritz (lachend). Mir scheint, der Jäger hat sich gerührt in ihm ... da drin in den Stauden hat's geraschelt.

Elisabeth. Geraschelt? (Will zum Gebüsch treten.)

Heller (hastig). Ein Hase, Frau Baronin ... ein ... ein Has wird's gewesen sein. Richtig! Da springt er hinunter! (Deutet nach links.)

Elisabeth. Da? In die steile Schlucht hinunter?

Heller. So ein Hase, Frau Baronin, das ... das ist manchmal ein Teufelsvieh und ... und springt oft wie ... wie ein Vogel ... so ein Hase.

Elisabeth. In die Schlucht hinunter? (Will im Hintergrunde links die Büsche theilen.)

Heller (entsetzt). Frau Baronin ... wenn Sie fallen ...

Fritz (erschrocken). Lieschen! (Zieht Elisabeth an der Hand zurück.) Heller hat recht ... da geht es tief hinunter! (Atmet auf und drückt ihre Hand.)

Elisabeth (blickt mit verträumtem Lächeln zu ihm auf; dann wie erwachend). Heller! ... Auf Sie bin ich böse!

Heller. Frau Baronin ...

Elisabeth. Ja! Wegen jetzt, und ... (Ernst). Wenn

das wahr ist, was Rosl mir gesagt hat, bann werden Sie so
bald kein gutes Wort mehr von mir hören!

Heller (würgt nach Worten, plötzlich springt er nach rechts zum Anstieg, stellt sich in Postur und spricht in die Coulisse). Herr Baron...

Fritz. Aber Lieschen? Was hast bu denn gegen den armen Jungen?

Elisabeth (verwirrt). Ach... das kann ich doch dir nicht sagen!

Robert (kommt gemächlich von rechts; mit Büchse und Hakenstock, winkt Heller mit der Hand einen Gruß zu, dann lächelnd). Na hört, Kinder, wo seib ihr benn eigentlich geblieben?

Elisabeth (aus ihrer Verwirrung in lachenden Frohsinn umschlagend). Ach du lieber Gott! Wenn wir das wüßten... nicht wahr, Fritz?

Fritz (nickt ihr lächelnd zu und nimmt ihre Hand).

Robert. Ihr beide wär't die richtigen Begleiter für einen Philosophen... ben würdet ihr sicher nicht in seinen Gedanken stören. Aber im Ernste... was wolltet ihr benn eigentlich?

Fritz (lachend). Dir davonlaufen. (Holt seine Flinte.)

Robert. So?

Elisabeth. Ja... und weißt du, unten beim Kreuz übersahen wir den Weg und waren schon tief, tief zwischen ben Bäumen, als wir's merkten. Du! Und das Suchen jetzt! Hinüber und herüber und hinauf bis zur Schlucht... ach, wie schön das gewesen ist... nicht wahr, Fritz?

Robert. Na, weil ihr nur glücklich da seid! Aber à quelque chose malhour est bon... während ich so einsam da heraufstieg, ist mir eine Idee gekommen, die sich verwerten läßt. (Ohne zu beachten, daß die beiden nicht auf ihn hören.) Dort unten, die steilen Flachsfelder, auf benen jahraus jahrein die Sonne liegt...

das wäre ein Platz, um es mit dem Weinbau zu versuchen. Im nächsten Frühling laß ich die Reben pflanzen. (Sieht auf die Uhr.) Ein paar Minuten bis acht! Wir müssen auf unsere Stände. (Greift in die Tasche.) Hier, lieber Junge . . .

Fritz (erwachend). Ja, Robert?

Robert. Hier hast du deine vergessenen Patronen . . . du Jäger du! (Reicht ihm zwei Patronen.)

Fritz (zerstreut). Ich danke dir.

Elisabeth (auflachend). Du Jäger du . . . hast du auch das Steuerruder schon einmal vergessen . . . Herr Mat?

Robert. Und hier dein Platz! Der beste, den ich dir anzubieten habe. Ich nehme meinen Stand weiter oben. Und du, Heller, kommst mit!

Heller (gegen die Büsche schielend, mit überlauter Stimme). Jawohl, Herr Baron! Ich gehe mit Ihnen . . . und Baron Fritz und die gnädige Frau bleiben hier!

Robert. Mensch! Bist du denn verrückt geworden? In einer Viertelstunde soll das Rehwild ausziehen . . . und du machst hier einen Spektakel . . . (Wendet sich kopfschüttelnd ab; für sich.) Und das will heiraten! (Zu Fritz.) Waidmanns Heil, lieber Junge!

Fritz (nickt schweigend).

Elisabeth. Waidmanns Heil!

Robert (erfreut). Ach, sieh nur, das klingt ja heute ganz anders, als sonst! Da muß ich ja heute Glück haben . . . Waidmanns Dank, kleine Jägerin! (küßt sie auf die Stirne.)

Elisabeth (schauert).

Fritz (hat in unwillkürlicher Bewegung die Hand nach ihr gestreckt).

Robert. Kind? Was hast du?

Elisabeth. Nichts.

Robert. Doch! Ich fürchte, du hast dich bei dieser

tollen Waldpartie ein wenig echauffiert, und jetzt fühlst du den kühlen Abend.

Elisabeth. Dieser Abend? Und kühl? (Lachend.) Fritz... was sagst du?

Fritz. Der Abend ist lind und schön... er könnte nicht schöner sein.

Robert (zu Elisabeth). Aber deine Hände glühen... richtig, ja, und dein Puls geht haftig.

Elisabeth. Ach... (Entzieht ihm die Hand.)

Robert (droht ihr mit dem Finger). Kind! Kind!... Na, heute will ich dir die fröhliche Laune nicht verderben. (Geht zu den Stufen.) Aber für kommende Fälle, mein Kind, solltest du dir das Wort merken, mit dem sich die Bauern grüßen: „Zeit lassen!" Ja, mein Kind, man hört von diesen einfachen Leuten manchmal überraschend kluge und sehr beherzigenswerte Worte. (Nickt ihr lächelnd zu und winkt mit der Hand.) Heller! (Steigt über die Stufen empor.)

Heller (folgt ihm, immer wieder nach dem Gebüsch zurückspähend).

Elisabeth (halb für sich). „Zeit lassen?"... Wenn man es aber eilig hat? (Fliegt auf Fritz zu.) Fühl du mal! Geht mein Puls wirklich so...

Fritz (fühlt ihren Puls und zählt haftig). Eins, zwei, drei, vier, fünf... (Fühlt den eigenen Puls und zählt im gleichen Tempo.) Eins, zwei, drei, vier, fünf, sechs... auch nicht schneller als der meine.

Elisabeth. Na, also!

Robert und Heller (gehen über die Brücke und verschwinden in der Höhe).

Elisabeth (blickt ihnen nach und atmet erleichtert auf). Und jetzt ... ach! (Ein Schauer von Freude und glücklichem Behagen durchrieselt ihren Körper; rasch eilt sie auf Fritz zu und zieht ihn zur Buche). Komm, Fritz, komm... hier ist dein Platz... der beste, den Robert für dich hatte...

Fritz (atmet auf). Ja, das ist ein herrlicher Fleck Erde! (Elisabeth zur Linken an seiner Hand haltend, läßt sich nieder und stellt die Flinte zwischen die Kniee.) Hier der Wald ... so schön ...

Elisabeth. Als hätt ihn der Frühling eigens für uns erfunden?

Fritz. Für uns? Warum gerade für uns?

Elisabeth. Weißt du ... weil wir doch heute so von Herzen froh und glücklich sind ...

Fritz. Ja, Lieschen, das ist wahr ...

Elisabeth. Und ... weißt du ... da ist es doch wie ein Geschenk eigens für uns, daß alles um uns her so recht dazustimmt.

Fritz (blickt um sich und nickt; nach kurzer Pause). Und dort ... sieh nur, Lieschen ... (Er legt den Arm um ihre Hüfte und beugt sich vor.) ... wie man durch die Scharte der Schlucht hinaussieht ins ebene Land ... bis zu den Bergen!

Elisabeth. Ach, wie schön! ...

Fritz (rückt zur Seite). Aber so komm doch!

Elisabeth (nimmt mit glücklichem Behagen ihren Platz ein, ordnet das Kleid und blickt zu den Ästen auf, welche den Sitz überdachen). Wie in einer Laube! ... Und jetzt denk ich mir, das sind Rosen ... und dann kommt der rauschende Frühlingswind und schüttelt die Äste und läßt auf uns beide die Blätter und Blumen regnen! ... Das war schön gesagt? Nicht? (kichert und drückt plötzlich die Hand auf den Mund; flüstert.) Na, gieb nur acht ... du Jäger, du ... wie ich jetzt stillsitzen und schweigen will!

Fritz. Du? Schweigen?

Elisabeth (blickt schelmisch zu ihm auf und zuckt die Schultern).

Fritz. So, wie ich jagen will! (Sie lachen.) Aber so rück doch näher ... hier ist ja Platz.

Elisabeth (rückt dicht an seine Seite). Aber kannst du denn da schießen, wenn ich dich so... (Drückt ihren Arm an den seinen.)... belästige? (Kichert und nimmt das Hütchen ab.)

Fritz. Schießen? Nein! Schießen kann ich nicht!... (Er stellt das Gewehr beiseite.) Ruhe sanft!... Und jetzt, Lieschen, komm, jetzt wollen wir schwatzen so recht nach Herzenslust!

Elisabeth. Ach, Fritz... (Schweigend halten sie sich bei den Händen gefaßt, Auge in Auge, mit glücklichem Lächeln. — Man hört den Amselschlag.)

Elisabeth (mit ersticktem Laut).... Wie süß das war!

Fritz (späht in die Buche hinauf). Eine Goldamsel.

Elisabeth (in Neugier und kindlichem Eifer). Die schöne... die wie Gold ist am ganzen Gefieder?

Fritz. Ja, die! Hier die Leute nennen sie den Vogel Vierhaus.

Elisabeth (lachend). Ach, der komische Name!... Nein, du, der ist gar nicht komisch... sehr hübsch sogar. Ich glaube, wer das erfunden hat, wollte im Namen den süßen Vogelruf wiedergeben... (Trällernd, im Ton des Amselschlages.) Vogel Vierhaus?

Fritz. Ja, Lieschen. Der Name ist ein Stück Poesie, wie das Volk sie empfindet.

Elisabeth. Du... und von dem Vogel haben sie ein Sprüchlein:

Der Vogel Vierhaus schreit
Für die verliebten Leut.

(Springt auf, um besser in den Wipfel der Buche spähen zu können.) Ach, sieh nur... und da schweigt er! (Wie um den Vogel zu locken, versucht sie den Amselschlag zu pfeifen.) Ich kann's nicht... versuch du es einmal... vielleicht ruft er wieder.

Fritz (tritt zu Elisabeth und nimmt ihren Arm; während sie in die Buche emporspähen und Elisabeth die Wange an seine Schulter lehnt, pfeift er den Amselschlag, nach kurzer Pause ein zweitesmal). ... Er will nicht! (Sie stehen eine Weile schweigend. Himmel und Thal, welche durch die Schlucht zu sehen sind, haben in goldenem Glanz zu leuchten begonnen.)

Elisabeth. Er will nicht! (Geht zur Bank; beide nehmen ihre Plätze wieder ein.) Und ich hätte ... (Mit plötzlichem Ausbruch des Entzückens.) Fritz! Ach, sieh doch nur ... den Himmel sieh dir an!

Fritz. Wie schön! (Unwillkürlich suchen sich ihre Hände; ihr offener Frohsinn beginnt sich in träumerische Beklommenheit zu verwandeln.)

Elisabeth. Du! ... War das so ähnlich ... damals ... als das Meer leuchtete?

Fritz. Ach, Lieschen ... das läßt sich ja gar nicht vergleichen.

Elisabeth. Noch schöner war's? ... Und ... hat's lange gedauert?

Fritz. Zwei Stunden ... aber die waren vorbei, ich weiß nicht, wie. Von Norden fuhr plötzlich ein kalter Windstoß über die See ... (Eine Turmuhr in weiter Ferne beginnt langsam die achte Stunde zu schlagen.) ... und da war's erloschen. Und um uns her eine stockschwarze Nacht ... schwärzer und kälter noch, als sie zuvor gewesen. (Die Glockenschläge verschwimmen, erst der letzte wird wieder deutlicher hörbar.)

Elisabeth. Zwei Stunden nur! ... Wie das nur kommt, daß alles Schöne so kurze Dauer hat? Ist das nicht traurig?

Fritz. Nein, Lieschen! Das muß wohl so sein. Hätte das Schöne so lange Dauer, wie das Alltägliche, dem keine Stunde schlägt ... es würde an Wert verlieren.

Elisabeth. Ja, Fritz ... du hast recht. (Beim letzten Glockenschlag auffahrend.) Acht Uhr? ... Fritz! Jetzt bist du gerade zwei Stunden bei uns.

Fritz. Zwei Stunden! Wahrhaftig! ... Wie die doch vergangen sind!

Elisabeth. Ich weiß nicht, wie! ... Aber solche Stunden sollen noch viele kommen!

Fritz. Viele! Viele! Ja, Lieschen!

Elisabeth. Wer mir das gestern gesagt hätte ... als ich mich gebangt und gesorgt habe um beinetwillen! Und da sitzen wir nun so von Herzen froh ... Seite an Seite ... denk nur: hier ... (Mit leisem Auflachen.) auf der Elendwiese! (Blickt um sich her; mit leisem Ausruf, flüsternd.) Fritz! ... Ein Reh!

Fritz (flüsternd). Wo, Lieschen?

Elisabeth (flüsternd). Dort! Dort! (Schlingt den Arm um seinen Hals und zieht ihn näher an sich.) Aber so sieh doch ... dort!

Fritz (flüsternd). Wahrhaftig!

Elisabeth (flüsternd). Du! ... Es hat uns gesehen! ... Ach, wie das herzig ist!

Fritz (flüsternd). Rühr dich nicht, oder ... na also, da ist es weg!

Elisabeth. Ach ... (Springt auf.) Ich seh es wieder! Dort! Dort!

Fritz (eilt zu ihr).

Elisabeth. Dort ... unter den Bäumen, neben der Schlucht ... siehst du's?

Fritz. Ja, ja!

Elisabeth. Jetzt springt es durch den Wald hinauf ... ich muß es noch einmal sehen. (Eilt zu einem Felsen rechts neben dem Aufstieg und steigt auf die Kante.) Fritz! Hier sieht man es wieder ... dort ... (Wankt und stößt einen leisen Schrei aus.)

Fritz. Lieschen! (Fängt sie in seinen Armen auf.)

(So stehen sie wortlos, lächelnd, Blick in Blick getaucht. Roter Schein fällt über die Bäume und spiegelt sich im Wasserfall.)

Elisabeth. Fritz ... weißt du, den Platz hier, den müssen wir umtaufen. Der kann doch nicht die „Elendwiese" heißen. (Während sie, von Fritz gestützt, über den Felsen niedersteigt.) Wie der Name nur erstanden sein kann!

Fritz (zögernd). Das ist auch eine von den kurzen Geschichten, die so schön und so traurig sind. Und wenn ich sie als Knabe gelesen habe... in unserer Chronik steht sie... dann ist mir immer ein seltsames Grauen durch Mark und Bein geronnen... weißt du, ich hatte immer die Vorstellung, als müßt ich selbst einmal etwas Ähnliches erleben.

Elisabeth (stammelnd). Fritz ... (Zieht ihn an ihre Seite auf den Felsen nieder.)

Fritz. Sieh hinüber, Lieschen... dort... bei dem zerfallenen Steinkreuz... da hat vor dreihundert Jahren eine Freiin von Wangen mit eigener Hand ihren Mann in die Tiefe der Schlucht gestoßen.

Elisabeth. Ach!... Wie entsetzlich! Und das kann eine Frau?... In ihrem Haß?

Fritz. Nein, Lieschen! Sie that es, weil sie ihn liebte.

Elisabeth (mit versagender Stimme). Das versteh ich nicht.

Fritz. Weil der Mann ihr die Treue brach und sein Herz ihrer jüngeren Schwester schenkte.

Elisabeth (will sprechen und bringt kein Wort über die Lippen; sie blickt mit weitgeöffneten Augen zu ihm auf, und starres Bangen redet aus ihren Zügen).

Fritz. Lieschen? Wie deine Hände zittern!

Elisabeth (tonlos). Ich bitte dich, Fritz... wie kann denn solches Unglück nur geschehen?

Fritz (nickt vor sich hin, dann blickt er langsam zum Himmel auf und über die Bäume). Vielleicht geschah es an einem Abend, der so schön war, wie der heutige?... Aber hast du denn unsere Chronik nie gelesen?

Elisabeth (schüttelt den Kopf). Robert hält sie verschlossen.

Fritz (lachend). Natürlich! Sehr viel schöne Dinge stehen nicht drin.

Elisabeth (beklommen). Aber... daß sie sich lieb gewannen... diese beiden ... es war doch Sünde, vor der sie erschrecken mußten?

Fritz. Sünde? Ja! Gewiß war es Sünde! ... Das heißt, ich weiß nicht recht ... was Menschen m ü s s e n, ob das wohl Sünde ist? ..... Weißt du, die Frau war älter als er. Der Krieg hatte ihn arm gemacht, und da hat er sie nehmen müssen, weil sie Geld hatte. Aber sie hat ihn geliebt, und war eifersüchtig, natürlich, und quälte ihn, bis er völlig schwermütig wurde. Das gefiel ihr dann auch wieder nicht, und um ihn aufzuheitern, ließ sie ihre junge Schwester kommen. Und nun denk dir, Lieschen: Er mit seinem dürstenden Herzen, und dies Kind mit seiner reinen, offenen Seele ... und jung waren sie ... das zieht zueinander, das m u ß so kommen!

Elisabeth. Steht ... das ... so in der Chronik?

Fritz. Nein, aber ich kann mir denken, wie es kam. Sie waren jung und froh ... und denk nur ... beim Ballspiel im Park ... auf der Reiherbeize ... oder wenn sie durch den Wald ritten ... diese zwei jungen Menschen in ihrer Freude ... und hinter ihnen diese zwei kalten, spähenden, haßerfüllten Frauen= augen ...

Elisabeth. Fritz ... wenn ich das nur d e n k e ... wahrhaftig, mir wird das Herz wie Eis so kalt!

Fritz. Und gewiß, ganz gewiß war es ein Abend, wie d e r ... da sind sie wohl auch so heraufgestiegen, glückselig und lachend ...

Elisabeth (blickt umher und will sich erheben).

Fritz (hält ihre Hand gefangen und zieht sie wieder auf den Felsen nieder). Und denk nur; da saßen sie, mit allem, was ihre jungen Herzen zum Springen erfüllte... an solch einem Abend! Die Natur, weißt du, wenn die sich schön macht... das riegelt verschlossene Herzen auf... das rieselt durch alle Glieder, das drängt sich in Leib und Seele... und was du siehst, was du hörst, alles ist dir wie etwas Großes, wie etwas Niegesehenes. Jeder Vogelruf, jedes flüsternde Blatt... alles bekommt eine Stimme und wird ein Geheimnis... man versteht es nicht und versteht es doch. Und wie dir die Luft um die Wangen schmeichelt... all dieser Duft, dieser Glanz... das alles trinkt man so in sich hinein, mit einem Durst, der kein Ende hat. Und da fühlst du dich so... ich weiß nicht, wie ich sagen soll... so neu, so leicht, als hättest du Flügel, die dich wegtragen über alles, was dunkel und schwer und häßlich ist. Und da überkommt dich eine Süßigkeit und... und eine Sehnsucht...

Elisabeth. Eine... Sehnsucht...

Fritz. Und denk dir, Lieschen: daß die beiden so saßen... hier... wie du und ich... und... und daß sie stumm wurden im Übermaß ihrer Freude... daß ihre Hände sich suchten... und daß sie schweigend sich in die Augen sahen... weißt du, so recht tief... bis auf den Herzensgrund...

Elisabeth (stammelnd). Fritz...

Fritz. Und... da mußten sie es wissen...

Elisabeth. ... wissen?...

Fritz. ... daß eins nicht leben und nicht sterben könnte... ohne das andere Theil.

Elisabeth (tonlos). Nicht leben und... nicht sterben!

Fritz (erschrocken). Lieschen?

Elisabeth. Fritz... lieber Fritz...

Fritz (in Jubel). **Mein Lieschen!**
(Sie umschlingen sich in heißer Leidenschaft und hängen Lippe an Lippe. — Die Farben des Himmels erlöschen, im fernen Thal steigen die Nebel auf und in der Höhe des Himmels erscheinen schmale, langgestreckte Wölkchen, deren Säume noch in matter Röte leuchten. — Aus der Höhe des Waldes klingt der gedämpfte Hall eines Schusses, dem ein schwaches, in der Ferne verrollendes Echo folgt.)

Elisabeth (ist beim Hall des Schusses aufgefahren, reißt sich los und blickt verstört um sich). **Robert...** (Mit stöhnendem Laut das Gesicht bedeckend, taumelt sie gegen den Hintergrund.)

Fritz. Lieschen...

Elisabeth (streckt abwehrend die Hand gegen ihn und wankt über die Stufen hinauf).

Fritz (breitet die Arme nach ihr aus). **...Lieschen!**

Elisabeth (bei dem Steinkreuz, in flehendem Schmerz). **Fritz...** siehst du das Kreuz nicht... das Kreuz... (Ihre Stimme erstickt in Thränen, mit brechenden Knieen schleppt sie sich über die Brücke.)

Fritz (taumelt gegen die Stufen und vergräbt das Gesicht in die Arme).

Elisabeth. Fritz... (Sie streckt die Hand nach ihm, will umkehren, doch stöhnend bedeckt sie das Gesicht und flieht über die Brücke.)

Fritz (fährt auf, wie von einem Geräusch geweckt, und blickt verstört um sich; heiser). **Ist jemand hier?...** (Mit ersticktem Laut stürzt er auf die Buche zu.)

Hannchen (totenbleich und an allen Gliedern zitternd, tritt aus den Büschen hervor).

Fritz (wie in Wahnsinn). **Wer bist du?**

Hannchen. Ich... ich... (Die Stimme versagt ihr.)

Fritz. Du hast gelauscht!

Hannchen. Nein... nein, Herr... ich kann wahrhaftig nichts dafür, daß... daß ich hören hab müssen...

Fritz (keuchend). **Das ist dein Unglück, Mädchen! Über deine Lippen soll keine Silbe kommen...** (Reißt ein Messer von der Hüfte.)

Hannchen (ohne sich zu regen, tonlos und in Thränen). **Ach Herr...** ach, lieber, armer Herr... ich trag ein Kinderl unter dem

Herzen ... und so wahr ich es lieb hab, noch eh es geboren
ist ... über meine Lippen soll kein Wörtl kommen!

Fritz (steht zitternd und läßt die Hand sinken; er starrt das Messer an, und
von Grauen geschüttelt, schleudert er es in die Büsche; das Gesicht bedeckend, bricht
er neben dem Felsen nieder).

Hannchen. Ach du lieber Gott! (Wischt sich die Thränen von
den Wangen.) Die armen jungen Leut! (Schwer seufzend blickt sie in
das Gezweig der Buche empor und nickt; kaum hörbar.) Der Vogel! ...
(Zögernd geht sie auf Fritz zu und legt ihm scheu die Hand auf die Schulter.) Lieber
Herr Fritz ... sehen Sie mich doch ein bißl an ... ich bin's
ja doch ... ich ... das Hannerl!

Fritz (blickt auf und erkennt sie; verloren). Hannchen! ... Du! ...
Ich hab dich nicht wieder erkannt.

Hannchen (seufzt und streicht die Schürze glatt).

Fritz (umklammert in bebender Erregung ihre Hand). Hannchen! ...
Wirst du es ... verschweigen können?

Hannchen (nickt).

Fritz. Thu's mir zu liebe ... nein, nicht mir zu liebe ...
(Sein Blick sucht die Höhe der Schlucht.)

Hannchen (blickt zur Brücke hinauf und atmet schwer).

Fritz (nimmt stöhnend den Kopf in die Hände, wie nach einem Rat suchend
springt auf). Hannchen, willst du mir helfen?

Hannchen (nickt).

Fritz. Weißt du, wie dein Vater die Depeschen schreibt?

Hannchen. Ja! Ja! Ich hab's ja schon oft gemacht
für ihn.

Fritz. Dann bitt ich, bitt ich dich, Hannchen ... aber
sag's deinem Vater nicht ... er soll es nicht wissen ...
(Zerrt das Taschenbuch hervor und beginnt zu schreiben; seine Hand zittert; alles
schwimmt vor seinen Augen.) ... was ich da schreibe ... ich bitte
dich, Hannchen ... das schreib auf eine Depesche ... und ...

gegen zehn Uhr ... bring mir die Depesche ins Schloß ...
(Reißt das Blatt aus dem Buch.) Willst du das für mich thun, Hannchen?

Hannchen. Ja! Ja!

Man hört von der Höhe der Schlucht Roberts ruhige Stimme: „Hier, Elisabeth ... hier ist die Brücke!"

Fritz. Fort! ... Fort! ...

Hannchen (nimmt das Blatt und stürzt nach rechts davon).

Fritz (greift wankend an seine Stirne, richtet sich auf; steht ruhig).

Robert (erscheint auf der Brücke).

Elisabeth (folgt ihm, sich schwer auf das Geländer stützend).

Robert (vergnügt). Lieber Junge ... heut hab ich Weidmannsheil gehabt! Und du bist leider leer ausgegangen! Aber tröste dich ... hoffentlich hast du ein andermal mehr Glück als heute.

Fritz (für sich, mit schmerzvoller Ironie). Mehr Glück ... als heute ... (Geht zur Buche, nimmt das Gewehr.)

Robert (während er über die Stufen niedersteigt). Aah, das war ein herrlich schöner Abend für mich ... der Bock stürzte im Feuer, mit der Kugel im Herzen. Aber jetzt dürfen wir zusehen, daß wir nach Hause kommen. So schön der Abend war ... aber die Nacht kann ein Gewitter bringen. (Ist auf der ebenen Bühne angelangt und geht nach rechts.)

Fritz und Elisabeth (stehen regungslos mit gesenkten Augen).

Robert. Elisabeth?

Elisabeth (mit erloschener Stimme). Ja, Robert! (Scheu blickt sie auf.)

Robert. Laß dir von Fritz den Arm bieten ... der Weg wird steil und dunkel. (Ab nach rechts.)

Fritz (mit schwankender Stimme). Darf ich dich führen ... Elisabeth?

Elisabeth (will mit leidenschaftlicher Bewegung abwehren; doch ihre Hände sinken, und in Sehnsucht hängen ihre Augen an ihm).

Fritz (mit ersticktem Laut). Mein ... Lieschen ...

Elisabeth (wendet sich ab und tastet wankend nach einem Halt).

(Am fernen Himmel, in der Tiefe der Schlucht, blitzt zwischen den ziehenden Nebeln ein Stern auf; ganz leise, wie träumend, klingt der Amselschlag.)

(Der Vorhang fällt.)

Vierter Aufzug.

Dekoration des ersten Aktes. — Der Tisch im Vordergrunde links ist von einer Ständerlampe beleuchtet und zum Souper gedeckt, welches bis auf das Dessert vorüber ist. Der Sekretär ist geöffnet, auf der Platte liegen mehrere geöffnete Briefe neben einem offenen Wirtschaftsbuch; die Glasschüssel mit den Blumen steht auf dem Spiegeltisch, die beiden Brettchen mit den Aufschriften sind entfernt. Der Sekretär ist durch eine hohe Ständerlampe beleuchtet. Der Garten ist dunkel; nur einzelne Sterne flimmern über den Bäumen.

Robert auf dem Sofa, in Smoking, tief ausgeschnittener Weste und schwarzer Cravatte; **Fritz** wie im zweiten Akt gekleidet, rechts am Tisch in einem Fauteuil. Das dritte Gedeck links ist unberührt.

Robert (während er sein Glas mit Rotwein füllt). Hast du leer?

Fritz. Ich danke.

Robert. Aber Junge! (Schüttelt den Kopf und stellt die Flasche nieder.) Keinen Bissen zu essen, keinen Tropfen zu trinken... Es scheint wahrhaftig, daß dir der Mißerfolg des heutigen Abends die Laune gründlich verdorben hat. (Leert das Glas.)

Fritz. Es scheint so.

Robert (lachend). Ich hab es dir aber vorausgesagt. Frauen auf der Jagd, das ist mir... ich will nicht so ungalant sein und sagen: ein Greuel... aber... ich bin überzeugt, nur Elisabeth trägt die Schuld...

Fritz (mit bebender Stimme). Nein, Robert! Der Schuldige bin ich.

Robert. Nein, lieber Junge, nein, nein, nein! Ich kann mir lebhaft vorstellen, wie sie geschwatzt und gewispert hat... das Kind! Und jetzt, statt daß sie die Verpflichtung fühlt, dich aufzuheitern und... jetzt macht sie auch noch diese... (Schweigt, da er Heller eintreten hört.)

Fritz (will auffahren und bezwingt sich mühsam).

Heller (tritt ein, mit einer Platte, und beginnt den Tisch zu räumen).

Robert. Hat die Baronin das Souper auf ihr Zimmer bekommen?

Heller. Nur eine Tasse Thee, Herr Baron.

Robert. Sonst nichts?

Heller. Nein, Herr Baron. Die gnädige Frau wollte gar nichts nehmen und wünschte nur Ruhe zu haben... aber auf Zureden der Rosl haben die Frau Baronin wenigstens eine Tasse Thee befohlen.

Robert. Nun ja... wenn sie eine Verkühlung befürchtet, ist heißer Thee das beste Mittel. Aber... so schlimm kann ja die Sache nicht sein. Der Abend war doch wirklich nicht allzukühl, und... das Mädchen soll meiner Frau hinaufsagen, daß wir sie hier erwarten... wenn sie sich wohler fühlt.

Fritz (mit erzwungener Ruhe). Lassen sie der Baronin sagen, daß... daß ich sie bitte, und... (Die Stimme droht ihm zu versagen.) ... ich möchte sie gerne noch sehen.

Heller (stellt die Blumen auf den Tisch). Jawohl, Herr Baron! (Ab.)

Robert. Und morgen, lieber Junge, will ich vor allem trachten, dich wieder in gute Laune zu bringen. Früh um fünf Uhr reiten wir zusammen auf meine Felder hinaus. Da wirst du Augen machen! Die Wiesen, weißt du, auf denen du als kleiner Junge deine Soldaten kommandierteſt und deine Drachen ſteigen ließeſt ... die Wieſen hab ich nach und nach alle für den Rübenbau kaſſiert. (Lachend.) Meine Söhne ... Gott wird mir ja mit der Zeit auch das ſchenken ... meine Söhne, wenn ſie mit dem Drachen ſpielen wollen, müſſen auf die Gemeindeweide gehen. Ich habe keinen Platz für ſie.

Fritz. Du! Und ... (An den Worten würgend.) ... und Söhne?

Robert. Warum nicht?

Fritz (ſich beherrſchend). Einen Erben für das Majorat, daß du dir den erſehnſt ... das begreif ich. Aber ... jüngere Söhne? (Lacht bitter auf.)

Robert (unbehaglich berührt). Wenn ſie kommen ... warum nicht?

Fritz. Ich meine nur ... gerade du ſollteſt aus Erfahrung wiſſen, daß es für einen Erben unſeres Namens keine Freude iſt, (Springt auf.) einen jüngeren Bruder zu haben.

Robert. Fritz! (Steht auf, ruhig.) Sei ohne Sorge! Wenn Gott mir Söhne ſchenkt, dann will ich ſie ſo erziehen, daß einer dem anderen zur Freude leben ſoll.

Eliſabeth (tritt ein; in einfachem Morgenkleid).

Fritz (ohne Eliſabeths Eintritt zu bemerken). Ja, Robert! Erziehe ſie! Gut! (In Erregung, die er mühſam bekämpft, die aber doch aus dem Klang eines jeden Wortes zittert.) Oder ... weißt du ... der Jüngere, dem nichts geblieben, könnte dem Älteren, der alles hat, eines Tages ſagen wollen: Alles ... alles ſollſt du haben ... aber eines ... das gieb mir ... dieſes eine, das iſt mein Beſitz! Das haſt du mir genommen! Das gieb mir wieder ... oder ich nehm es dir ... mit dieſer Fauſt!

Eliſabeth (tritt verſtört und mit erſticktem Laut zwiſchen die beiden).

Robert (unsicher). Kind! Du!... Aber Fritz! Lieber Junge... (Wendet sich zu Elisabeth.) Wie gut, daß du jetzt gerade kamst! Es hätte wahrhaftig beinahe... einen kleinen Mißton in unserem schönen Frieden gegeben. Fritz... wie soll ich nur sagen... er ist in einer Laune, die ich nicht begreife, und... (Zu Elisabeth.) Und du, liebes Kind? Fühlst du dich wohler jetzt?

Elisabeth. Ja, Robert!

Robert. Gott sei Dank! Und ich hatte schon Sorge... (Streicht ihr mit der Hand übers Haar.)

Elisabeth (zuckt zusammen).

Robert. Kind?

Elisabeth. Das schmerzt...

Robert. Du hast ein bißchen Migräne, liebes Kind... natürlich, nach all diesen Erregungen heute! Aber komm! Jetzt setze dich behaglich zu uns... wir plaudern, das wird dich zerstreuen... ich hole meine Wirtschaftspläne, damit Fritz recht anschaulich sieht, wie alles bei uns geworden ist... (Hat Elisabeth zum Fauteuil links am Tische geführt.) Fritz?... Aber so komm doch, Junge, und setz dich zu uns! Oder... (Zu Elisabeth.) So, liebes Kind... und wenn du glaubst, daß der Rauch dir unbehaglich sein könnte, verzichten wir auch auf die ersehnte Cigarre.

Elisabeth (im Ton einer gewohnten Phrase). Nein, Robert... thu das nicht... du weißt, ich hab es gern, wenn du rauchst.

Robert. Na also, wenn du gestattest... (Geht zum Sekretär und blickt kopfschüttelnd auf Fritz zurück, der sich beim Tisch auf den Fauteuil niederließ; nimmt aus einem Fach des Sekretärs ein Cigarrenkistchen.) Leicht oder schwer, lieber Junge?

Fritz. Danke, Robert!

Robert. Auch keine Cigarre? (Im Ton des Bedauerns.) Dooh! (Zündet sich eine Cigarre an und genießt mit Behagen den ersten Zug.)

Elisabeth (sitzt regungslos, ohne aufzublicken; ihre zitternden Hände liegen auf dem Tisch).

Fritz (sitzt ihr in drückender Beklommenheit gegenüber; es äußert sich im stummen Spiel, daß dieses Zusammensein in Roberts Nähe für sie beide unerträglich ist).

Fritz (springt auf, mit heiserer Stimme). Robert...

Robert. Ja, lieber Junge? (Kommt nach vorne.)

Fritz. Hast du... ein Bild des Vaters... aus seiner letzten Zeit?

Robert. Gewiß. Sogar ein sehr gutes Bild.

Fritz. Zeig es mir!

Robert (befremdet). Jetzt? Bei Nacht? Das solltest du doch lieber am Tage sehen... bei gutem Licht.

Fritz. Ich bitte dich... zeig es mir... jetzt! Ich habe Sehnsucht, das Bild zu sehen... und... für Elisabeth wird es gut sein, wenn sie Ruhe hat vor... vor uns.

Elisabeth (hebt die Hand, als wollte sie widersprechen).

Robert. Das sind zwei Gründe, welche verlangen, daß ich sie gelten lasse. Also komm, gehen wir hinauf. Das Bild hängt oben bei den anderen. (Während sie zur Thüre gehen.) Das Porträt ist von einem jungen Künstler gemalt, den ich für eine Woche zu uns geladen hatte...

Fritz (blickt auf Elisabeth zurück).

Elisabeth (erhebt sich, die Blicke der beiden begegnen sich).

Robert... ein noch etwas unreifes, aber vielversprechendes Talent. Dazu ein Mensch, der gut zu haben war, mit netten Manieren... und auch im übrigen lobenswert bescheiden. (Hat die Thür links geöffnet.)

(Man hört vom Garten her den Hall einer alten Thorglocke.)

Fritz (richtet sich auf und blickt zur Terrassenthüre).

Robert. Bald zehn Uhr? Wer kann denn jetzt noch kommen? Das kann nur eine Depesche sein!... (Zu Fritz, die

Schultern zuckend.) Geschäfte! (Zu Elisabeth.) Bitte, liebes Kind, unterschreibe für mich. (Zu Fritz im Abgehen.) Ich sage dir, dieser junge Mann hat in acht Tagen mit wahrhaft rührendem Fleiß eine Arbeit geliefert, von der ich behaupten darf... (Zieht hinter sich die Thüre zu.)

Elisabeth (macht einige wankende Schritte; während sie sich mit der einen Hand auf den Tisch stützt, fährt sie mit der anderen fortwährend über Stirn und Augen, als wäre alles, was sie empfindet und in Gedanken sieht, ein böser Traum, den sie verscheuchen möchte).

Hannchen (erscheint auf der Terrasse und öffnet nach kurzem Zögern die Glasthüre).

Elisabeth (blickt erschrocken auf).

Hannchen (scheu). Eine Depesche, Frau Baronin...

Elisabeth. Danke Hannchen... leg sie nur dort hinüber!

Hannchen (legt die Depesche auf die Platte des Sekretärs).

Elisabeth. Ach ja... und unterschreiben muß ich... nicht wahr? (Blickt suchend umher.)

Hannchen (kommt näher). Den Bleistift hab ich... (Holt ihn aus der Tasche.) Hier...

Elisabeth (unterschreibt). Ich danke, liebes Hannchen!

Hannchen (scheu zu Elisabeth aufblickend, mit versagender Stimme). Gute Nacht, Frau Baronin. (Will gehen.)

Elisabeth (in plötzlicher Bewegung). Hannchen!

Hannchen. Frau Baronin?

Elisabeth. Hannchen... so komm doch her zu mir! (Geht ihr ein paar Schritte entgegen, nimmt ihren Kopf zwischen die Hände.) Sag mir's, Hannchen... ist es wahr?

Hannchen (erschüttert, bedeckt Elisabeths Hand mit Küssen).

Elisabeth. Ist es wahr... das von dir?

Hannchen (erschrocken). Von mir?... Ach Gott, ich hab doch jetzt gar nicht an mich gedacht!

Elisabeth (nickt). An ihn ... und an ...

Hannchen (bedeckt das Gesicht).

Elisabeth (legt ihr den Arm um die Schulter). Nein, Hannchen ... du sollst dich nicht schämen ... nicht vor mir! Jetzt versteh ich es: mit der Liebe im Herzen vergißt man Himmel und Hölle ... (Schüttelt den Kopf, unter Thränen lächelnd.) Nur die Hölle! Den Himmel sieht man doch offen ... und das ist ein Glanz, so schön, ein Leuchten und Schimmern ... schöner kann auch sein Meer nicht geleuchtet haben!

Hannchen (faßt mit schluchzendem Laut Elisabeths Hand).

Elisabeth (aus ihrer Versunkenheit erwachend). Hannchen!... Ob du ihn lieb hast, das brauch ich ja nicht zu fragen ... hast ihm ja mehr zu liebe gethan, als du durftest! Aber sag mir: hat er dich lieb? Ehrlich?

Hannchen. Ach, liebe gute Frau Baronin ... er hat mich ja so gern ... das Herz möcht er sich aus dem Leib reißen ... für mich ...

Elisabeth. Dann müßt ihr euch heiraten ... recht bald ... weißt du!

Hannchen (in Freude, die noch fürchtet). Ach Gott, wär das ein Glück für uns ... und jetzt noch ein doppeltes. Aber ... der Herr Baron erlaubt's ihm ja nicht!

Elisabeth. Mein ... Mann?

Hannchen. Der Herr Baron hat ihm gesagt, daß der Toni einen andern Dienst suchen müßt ... einen Jäger, der eine Frau hat, könnt er nicht brauchen.

Elisabeth (sich aufrichtend, mit großen Augen). Das ... hat ihm ... mein ... Mann gesagt? (Hannchens Hand fassend) Sei ruhig, Hannchen ... und komm nur ... setz dich ein Weilchen daher ... (Drückt auf die Glocke.) ... warte nur ... dafür will ich sorgen! Nein, Hannchen, weine nicht! Ich bin dir von Herzen gut...

Hannchen. Frau Baronin!

Heller (tritt ein, erschrickt; halblaut). Jesus Maria!

Elisabeth. Heller!... So kommen Sie doch, lieber Heller!... Sehen Sie denn nicht, wer hier ist?

Heller (nicht).

Elisabeth. Ihr Hannchen!

Heller. Frau Baronin... (Steht noch immer bei der Thüre, mit den Daumen an den Hosennäthen; bewegt die Schultern unter dem Rock und dreht in scheuer Verlegenheit den Kopf.)

Elisabeth. Hannchen hat mir gesagt, daß ihr euch lieb habt, ihr beide... und ich will, daß ihr Hochzeit haltet... bald!

Heller. Hannerl! Jesus Maria! (Eilt auf Hannchen zu.)

Hannchen. Toni! (Eilt ihm entgegen; sie halten sich lachend und weinend umschlungen.)

Heller (streichelt Hannchens Haar und klopft sie wie tröstend auf den Rücken; leise). Hannerl... mein Hannerl... also, schau nur, schau...

Elisabeth (blickt juchend um sich her und nach der Thüre; sieht ihre Hände an und läßt sie fallen).

Heller. Frau Baronin... (Sucht nach Worten ohne sie zu finden; halblaut.) Aber Hannerl, geh, so sag doch du der gnädigen Frau...

Elisabeth. Morgen ist Sonntag, lieber Heller! Wenn Sie vor der Kirche noch zum Pfarrer gehen, kann er schon morgen das erste Aufgebot verkünden... und in drei Wochen seid ihr Mann und Frau.

Heller (jubelnd). Heut noch, Frau Baronin... ich geh noch heut zum Pfarrer... (Erschrickt, da er Roberts Stimme hört, und macht seine Hand frei.)

Robert (noch hinter der Scene). ... und habe meine Freude an dem Bild, so oft ich es betrachte. (Während er mit Fritz eintritt.) Wie sich aus dem dunklen Hintergrund der Kopf mit dem weißen Haar so scharf hervorhebt ... wie klar diese ruhigen Augen ... (Verstummt und blickt verwundert auf die Gruppe, die er findet.)

Fritz (in banger Erregung, wirft einen flüchtigen Blick von Elisabeth auf Hannchen).

Hannchen (umklammert Hellers Arm und zieht ihn scheu zurück).

Robert. Elisabeth?

Elisabeth (ruhig). Hannchen hat eine Depesche für dich gebracht ...

Fritz (im Hintergrund, greift wankend nach einer Stütze).

Elisabeth ... und ... da hat sie mir auch gesagt, daß sie mit deinem Jäger verlobt ist ... und hat mich gebeten, ein gutes Wort bei dir einzulegen.

Robert (mit strafendem Blick auf Heller). So? Und das gerade heute?

Elisabeth. Ich habe mich gefreut über dieses junge Glück und habe ihnen gesagt, daß es einer Fürsprache bei dir nicht bedarf ... daß auch ich, als Frau im Hause, das gute Recht habe, zu ihrem Glück ein Ja zu sagen.

Robert (verblüfft). Elisabeth?

Elisabeth. In drei Wochen werden sie Hochzeit halten.

Robert (sich beherrschend). Liebes Kind ... ich muß dir sagen ... da hast du ein klein wenig voreilig gehandelt. Verheiratete Dienerschaft im Hause ... das ist eine mehr als unbequeme Sache.

Elisabeth. Unbequem? Das Glück zweier Menschen ... dir unbequem?

Robert. Ach, geh doch, Kind ... Du machst ja das

alles so feierlich, wie . . . Wo ist die Depesche? (Will zum Sekretär.)

Elisabeth (vertritt ihm den Weg). Ich habe noch keine Antwort. Oder willst du ein Ja widerrufen, das deine Frau gesprochen?

Robert. Aber Kind! Das können wir doch auch morgen noch erledigen.

Elisabeth. Nein.

Robert (ungeduldig). Also in Gottesnamen . . . (Nimmt die Depesche.)

Elisabeth (nickt Hannchen zu).

Heller (mit einem Jubel, den er nur halb zu äußern wagt). Herr Baron...

Robert. Schon gut! Nur heute kein Wort mehr! (Freundlicher.) Dir, mein gutes Hannchen, will ich alles Glück wünschen. Und grüß mir deinen Vater! Abieu! (Öffnet die Depesche.)

Heller (will sprechen).

Hannchen (hat von Robert einen bangen Blick auf Fritz und Elisabeth geworfen; zieht Heller erschrocken zurück, flüsternd). Komm, Toni . . . um Gotteswillen, komm . . . (Zieht ihn zur Thüre.)

Fritz (vertritt ihr den Weg und drückt ihr seine Brieftasche in die Hand, flüsternd). Nimm, Hannchen . . . mein Patengeschenk . . . und . . . (Mit hastigem Blick auf Robert.) Geh!

Heller und Hannchen (ab).

Robert (hat die Depesche gelesen und schüttelt betroffen den Kopf).

Fritz (richtet sich auf und kommt in erzwungener Ruhe näher).

Elisabeth (hat Roberts Bewegung gewahrt und blickt von ihm auf Fritz; eine quälende Ahnung scheint in ihr zu erwachen, und unwillkürlich streckt sie die Hand nach Fritz, als befürchte sie eine Gefahr für ihn.)

Robert. Fritz! Das ist für dich . . . und eine merkwürdige Nachricht. (Liest). „Ich bitte dich, komm noch heute zu mir, habe bringend mit dir zu sprechen . . . Gustl Walbeck." (Blickt auf.)

Elisabeth (greift wankend nach einer Stütze).

Robert. Was soll das heißen?

Fritz. Das werd ich erfahren, wenn ich hinüberkomme.

Robert. Ja willst du denn? ...

Fritz. Ja! Und gleich ... Waldeck ist mir all die Jahre her ein treuer Freund geblieben, er kann jeden Dienst von mir verlangen.

Robert (halblaut). Ob's nicht ein Ehrenhandel ist, bei dem er dich braucht?

Fritz. Vielleicht ... vielleicht auch was andres.

Robert. Wenn es das ist ... Fritz ... dann sei besonnen! (Liest kopfschüttelnd die Depesche wieder.)

Fritz (mit tieferem Sinn). Ja, Robert! Ich bin besonnen ... da sei du ganz ruhig! (Sein Blick haftet an Elisabeth, seine Stimme versinkt.) Wer da den Kopf verliert, der richtet Unheil an, das nie wieder gut zu machen ist ... (Erwachend.) Ich muß hinüber! Und ... ich bitte dich um einen Wagen, Robert ... (Bitter.) den kannst du mir doch geben?

Robert. Aber ja, lieber Junge, ja! (Drückt auf die Glocke.) Und was jetzt Waldeck von dir auch haben will ... es ist unter allen Umständen betrübend, daß er dich uns gerade heute nimmt, heute am ersten Tag, und ... (Zu Elisabeth.) Nicht wahr, liebes Kind? ... (Zu Fritz.) Sieh nur, dieses Unerwartete hat sie völlig stumm gemacht! (Blickt in Elisabeths Züge; betroffen.) Elisabeth? Ist dir nicht wohl, oder ...

Rosl (tritt ein). Gnä Herr? (Wirft einen scheuen Blick auf Fritz und Elisabeth.)

Robert. Ich habe dem Jäger geläutet.

Rosl. Der Heller is mitm Hannerl fort ... aber er kommt glei wieder.

Robert (unwillig). Na also! Da haben wir's. Gleich am erften Abend!

Rosl. Brauchen S' was, gnä Herr?

Robert. Nicht von dir. (Winkt ihr mit der Hand, zu gehen.)

Rosl (ab).

Robert. Liebes Kind, du follteft doch endlich diefer... fonft ja fehr braven Perfon ihre unftatthafte Art zu reden abgewöhnen. (Zu Fritz.) Na, fei ruhig, lieber Junge, ich will felbft hinüber in die Wirtfchaft und zufehen, daß du deinen Wagen bekommft. (Nimmt einen Hut.) In einer Minute ift das erledigt. (Ab über die Terraffe.)

Fritz (folgt Robert langfam mit den Augen; atmet auf, macht einige Schritte gegen Elifabeth; will fprechen, die Stimme verfagt ihm).

Elifabeth (fteht zitternd, mit angftvollem Blick an ihm hängend).

Fritz (nach einer Weile; kaum hörbar). Lieschen?... (Deutet nach dem Sekretär, auf welchem die Depefche liegt.) Haft du die Lüge verftanden?

Elifabeth (zuckt zufammen). Ja, Fritz... jetzt... wenn ich auch nicht verftehe, wie du fie finden konnteft.

Fritz. Hannchen hat mir geholfen... ich traf fie dort oben... als du mich verlaffen hatteft...

Elifabeth (in Schmerz).... Verlaffen? (Nickt.) Weil ich zu ihm mußte... und... jetzt willft du uns verlaffen?

Fritz (ausbrechend). Muß ich denn nicht? (Sich bezwingend.) Denk an die Elendwiefe!... Und... wir find ja Brüder!

Elifabeth (in Grauen). Fritz...

Fritz. Sei ruhig!... Sieh nur, wie mir die Arme fallen! Und... was könnt ich mir denn... erzwingen? Dich... wie eine zertretene Blume... kein Lächeln mehr auf deinem blaffen Mund... kein heller Blick mehr in deinen

Augen! Nein, Lieschen, dafür hab ich dich zu lieb! Mir bleibt nur eines ...

Elisabeth (nicht vor sich hin, in sich versinkend). Du gehst ... und ich weiß, daß du niemals wieder kommen wirst.

Fritz. Niemals wieder! (Nach langer Pause, leise, mit innerlichem Flehen.) Lieschen ... sag mir noch einmal jenes erste Wort, das du mir da drüben sagtest.

Elisabeth. Fritz ... lieber Fritz ...

Fritz. Es ist nicht mehr, wie es war ... jetzt hat es anderen Klang ... es ist etwas drüber gefallen, wie Schatten übers Licht. (Stürzt vor ihr auf die Kniee und drückt das Gesicht in ihren Schoß.) Lieschen ... verzeih mir, was ich dir angethan!

Elisabeth. Ich habe dir nichts zu verzeihen. (Streichelt ihm das Haar.) Wirst du es überwinden?

Fritz (schweigt).

Elisabeth. Fritz ... lieber Fritz ... (Versucht ihn aufzurichten.)

Fritz. Ich will's versuchen ... (Steht auf.) Aber weißt du, Lieschen ... das eine muß ein Seemann immer vor Augen haben, daß es ihn bald einmal hinunterziehen wird ...

Elisabeth. Ins leuchtende Meer ... (Umklammert schluchzend seinen Hals.) ... Wie schön das wäre ... so zu versinken ... ich und du ... mitten in einer Nacht, in welcher alles Feuer und Glanz, Schimmer und Leuchten ist ... ach, wie schön! (Ihre Lippen finden sich, und schweigend halten sie sich umschlungen. Verschwommen hört man im Garten die Stimme Roberts: „Vorfahren! Es hat Eile!")

Fritz (ruhig). Er kommt ... (Löst Elisabeths Arme von seinem Halse.) ... und wir wollen stark sein ... vor ihm! Er würde nicht verstehen, was uns zusammenschmiedete, Herz an Herz und Seele an Seele. Er würde das Sünde nennen ... und würde schlecht von dir denken!... Das soll er nicht, Lieschen... gelt, nein?

Elisabeth. Nein, Fritz.

Robert (ist auf der Terrasse erschienen). Lieber Junge, du wirst böse Fahrt haben... das Gewitter bleibt nicht aus... und es wird das beste sein, wenn du so rasch als möglich fortkommst.

Fritz. Ja, Robert, du hast recht!... Leb wohl, Lieschen!

Elisabeth. Fritz! Lieber Fritz!

Robert (unter der Thüre, lachend). So feierlich?

Fritz (bezwingt sich, schüttelt ein letztesmal Elisabeths Hände). Leb wohl! (Reißt sich los.)

Robert. Morgen oder schlimmsten Falles in drei Tagen bist du ja wieder hier.

Fritz. Es kann auch länger dauern. (Nimmt seine Mütze.)

Robert. Das wollen wir nicht hoffen! Aber komm, da hör ich den Wagen schon!

Fritz (bei der Thüre, blickt auf Elisabeth zurück).

Elisabeth (streckt zitternd die Hand nach ihm und läßt sie wieder sinken).

Robert (ist auf die Terrasse getreten). Komm, lieber Junge, komm... (Blickt nach dem Wetter aus.)

Fritz (mit fester Ruhe). Lieschen!... Leb wohl! (Ab.)

Robert... denn je länger du zauderst, desto schlimmeren Weg wirst du bekommen... du, und meine armen Pferde. (Während er die Glasthüre schließt und mit Fritz über die Terrasse geht.) Um meinetwillen hätt ich sie heute nicht mehr aus dem Stall geholt... aber dir zu liebe...

Elisabeth (blickt verstört umher und tastet wankend nach einem Halt; sie gewahrt die Blumenschale). Die Blumen... „Willkommen Fritz!" (Greift mit zitternden Händen in die Schale und hebt ein Büschel Blumen hervor.) Und sie welken schon! (Läßt die Blumen an sich niederfallen; eine weiße Rose bleibt in ihrer Hand). Die hat sich frisch erhalten! (Man hört das Knirschen der Wagenräder, und im dunklen Garten sieht man den Schein der Wagenlaterne vorüber huschen; Elisabeth fährt auf, mit ersticktem Laut, taumelt einen Schritt und streckt die Arme.) Fritz! . . . (Ein leichter Windstoß öffnet lautlos die Glasthür und macht die beiden Lampen flackern; die Lampe beim Tisch erlischt, die neben dem Sekretär brennt weiter. Ein Grauen rüttelt Elisabeths Schultern, verstört blickt sie umher und streift mit der Hand über die Augen.)

Robert (erscheint in der Thüre). Da ist er fort! (Tritt ein.) Und denke nur, Kind, was er sich einbildete: daß drüben in Waldeck für ihn eine Nachricht liegt, die ihn an Bord ruft. Weil er das fürchtete, war er wohl auch so merkwürdig erregt. Aber ich hab ihm diesen Gedanken ausgeredet.

Elisabeth (weicht, während Robert näher kommt, Schritt um Schritt vor ihm zurück).

Robert. Man giebt doch einem Menschen nicht Urlaub und ruft ihn gleich wieder ein . . . das wäre ja doch . . . Aber Kind? Was ist denn mit deiner Lampe?

Elisabeth. Die ist erloschen.

Robert. Erloschen? (Will die Glocke abnehmen.)

Elisabeth. Nein . . . ich bitte dich . . . so ist es mir lieber . . . im Dunkeln . . . das Licht thut meinen Augen weh. (Läßt sich niedersinken.)

Robert. Kind! Du solltest bald zur Ruhe gehen! Das wäre das beste für dich!

Elisabeth. Ja, Robert . . . das beste!

Robert. Ich muß mich ohnehin zu meiner Arbeit setzen, um nachzuholen, was ich heute versäumte. (Geht zum Sekretär und zündet sich eine Cigarette an.) Da liegt ja die ganze Post noch un= eröffnet. (Setzt sich bequem zurecht und streckt sich behaglich; beginnt die Briefe zu öffnen.) Es ist mir wirklich leid, daß diese Geschichte mit Waldeck dazwischen kam . . . Fritz war so im besten Zug, sich bei uns wieder einzuleben. Und dazu hast du ehrlich mitge=

holfen ... ja, liebes Kind, dafür bin ich dir zu Dank verpflichtet. (In einen Brief blickend, angenehm überrascht.) Ooh! Sieh nur, Kind: wieder einer, der sich zu mir bekehrte! Mit dem Mann wird ersprießlich zu arbeiten sein. (Blättert im Wirtschaftsbuch und nimmt die Feder.)

Elisabeth (blickt langsam nach ihm). ... Robert?

Robert. Ja, mein Kind? (Beginnt aus den Briefen Eintragungen in das Wirtschaftsbuch zu machen.)

Elisabeth. Weißt du, was das ist ... Meerleuchten?

Robert (lehrhaft). Gewiß, mein Kind. Das Meerleuchten ist eine höchst merkwürdige Erscheinung, die durch das Fluoreszenzvermögen mikroskopischer Thierchen hervorgerufen wird, welche sich zu gewissen Zeiten in Myriaden auf der Oberfläche des Meeres erzeugen, um nach wenigen Stunden wieder abzusterben.

Elisabeth. Nein, Robert ... das weiß ich besser als du.

Robert (überlegen lächelnd). So? Und dieses bessere Wissen hat wohl Fritz dir beigebracht ... der Seemann? Aah! Der muß es wissen! (Macht Eintragungen.)

Elisabeth (tief Atem holend, verträumt ins Leere blickend). Meerleuchten ... das echte, weißt du ... das ist das Schönste, was Menschen erleben können. Wie ein Seemann in trüber Nacht seine Straße steuert, immer zu ... so leben Menschen dahin in trüber Dämmerung. Sie gehen freudlos und ohne Wunsch ihren dunklen Weg, immer zu, immer zu! Und da plötzlich kommt es über sie ... ein Großes und Schönes ... und das leuchtet wie ein Meer in Feuer und Glanz, in Gluten und Schimmer ... und schwindet wieder, wie es kam ... es läßt sich nicht halten ... in den Lüften verfliegt es, versinkt im Meer ... und wieder liegt über uns die Nacht ... noch schwärzer als sie zuvor gewesen . . . und eine Sehnsucht ist geblieben, die sich nie wieder stillen läßt . . . niemals wieder!

Robert (blickt verwundert auf). Kind? Was hast du?

(Im dunklen Garten leuchtet, gleich einem breiten Feuerband, ein greller Schein auf, um flackernd zu erlöschen.)

Elisabeth (mit ersticktem Aufschrei). Wie es leuchtet! . . . Dort!

Robert (befremdet). Ich sehe nichts.

Elisabeth. Ich hab es gesehen! Ich!

(Man hört leisen Donner aus weiter Ferne.)

Robert (lächelnd). Da hast du die Erklärung! Der Teich wird einen fernen Blitz gespiegelt haben! . . . Aber ich sehe zu meiner Sorge, liebes Kind, daß dieser Tag dich mehr als erregt hat. Sei folgsam, Elisabeth, und geh schlafen! (Wendet sich zu seinem Buch.)

Elisabeth (nicht). Schlafen!

Robert (macht einen energischen Strich unter die Zahlen, die er in das Buch eingetragen). Sooo! Und jetzt die schöne Summe! (Addiert.) 2, 7, 15, 23, 31, 38, 44 . . . (Notiert eine Zahl.)

Elisabeth (ist mit ausgestreckten Armen gegen die Terrasse gewandt; ihr Blick fällt auf Robert; völlig verstört, tritt sie hinter seinen Stuhl und läßt über seine Schulter die weiße Rose auf das Buch fallen).

Robert (ohne aufzublicken). Ich danke dir, liebes Kind! (Legt die Rose beiseite.) Und gute Nacht!

Elisabeth (tonlos). Gute Nacht! (Sie wendet sich; im Garten leuchtet der Schein wieder auf. Elisabeth schreitet über die Terrasse hinaus.)

Robert (mit halblauter Stimme addierend). 4 und 9 und 13, 18, 21 . . . (Zählt murmelnd weiter.)

(Ferner Donner beginnt zu rollen.)

(Der Vorhang fällt.)

Im Verlag von **Adolf Bonz & Comp.** in Stuttgart sind erschienen:

Ludwig Ganghofer's Werke.

Almer und Jägerleut'. Hochlandsgeschichten. Illustriert.
2. Auflage. Geh. M. 4.—, geb. M. 5.—.

Die Bacchantin. Roman. Illustriert. 2 Bände. 7. Auflage.
Geh. M. 8.—, geb. M. 10.—.

Der laufende Berg. Hochlandsroman. Illustriert. 2. Auflage.
Geh. M. 5.—, geb. M. 6.—.

Berglust. Hochlandsgeschichten. Illustriert. 4. Auflage.
Geh. M. 4.—, geb. M. 5.—.

Der Besondere. Hochlandsgeschichte. Illustriert. 2. Auflage.
Geh. M. 3.—, geb. M. 4.20.

Edelweißkönig. Hochlandsgeschichte. Illustriert. 7. Auflage.
Geh. M. 4.—, geb. M. 5.—.

Es war einmal... Moderne Märchen. Illustriert. 3. Auflage.
Geh. M. 3.—, geb. M. 4.20.

Die Fackeljungfrau. Eine Bergsage. Illustriert. 2. Auflage.
Geh. M. 3.—, geb. M. 4.20.

Der Herrgottschnitzer. Hochlandsgeschichte. Illustriert.
5. Aufl. Geh. M. 3.—, geb. M. 4.20.

Der Jäger von Fall. Hochlandsgeschichte. Illustriert.
6. Auflage. Geh. M. 3.50, geb. M. 4.50.

Der Klosterjäger. Hochlandsroman. Illustriert. 16. Aufl.
Geh. M. 5.—, geb. M. 6.—.

Die Martinsklause. Roman aus dem 12. Jahrhundert. Illustriert.
2 Bände. 7. Aufl. Geh. M. 10.—, geb. M. 12.—.

Oberland. Erzählungen aus den Bergen. Illustriert. 8. Auflage.
Geh. M. 4.—, geb. M. 5.—.

Rachele Scarpa. Novelle. Illustriert. 5. Auflage.
Geh. M. 3.—, geb. M. 4.20.

Schloß Hubertus. Roman. Illustriert. 2 Bände. 10. Auflage.
Geh. M. 10.—, geb. M. 12.—.

Tarantella. Novelle. Illustriert. 4. Auflage.
Geh. M. 3.—, geb. M. 4.20.

Der Unfried. Dorfroman. Illustriert. 5. Auflage.
Geh. M. 4.—, geb. M. 5.—.

Aus Heimat und Fremde. Novellen. Geh. M. 4.80, geb. M. 5.80.

Die Sünden der Väter. Roman. 2 Bände. Geh. M. 10.—, geb. M. 12.—.

Bunte Zeit. Gedichte. 2. Auflage. Geb. M. 4.80.

Heimkehr. Neue Gedichte. Geb. M. 4.80.